名家散文
必讀系列

U0064061

沈從文

沈從文 著

丁文 導讀

中華教育

目錄

沈從文小傳

　　沈從文（1902—1988），湖南鳳凰人，中國現代著名文學家。對於自己的家鄉，沈從文有着極深厚的感情，把它看成全天下最美的小城。他的姪子，中國現當代著名畫家黃永玉曾在回憶文章中提到，沈從文是用「鳳凰口氣」寫「鳳凰事情」。沈從文十五歲當兵，前後共當了六七年，直至 1923年懷揣文學夢想來到北京。從軍這段與眾不同的經歷，彷彿酵母一樣，在他以後的創作中漸漸發揮意想不到的作用，成為取之不竭的豐富源泉。初來北京的沈從文窮困潦倒，當時已赫赫有名的大作家郁達夫曾來看望他，回去後寫了一篇以玩世口吻抨擊社會的《給一位文學青年的公開狀》，也為後人留下了早年沈從文的側影。然而對於沈從文在極端窘迫中表現出來的「堅忍不拔的雄心」，郁達夫深感欽佩。

　　1924 年底，沈從文開始在《晨報副鐫》上發表作品，全憑一支筆打天下，在文壇嶄露頭角。他對各類文體均有涉獵，但最重要的領域是小說與散文。他的小說代表作有《邊城》、《長河》、《蕭蕭》、《柏子》、《月下小景》等，散文代表作有《湘行散記》、《湘西》和《從文自傳》等。他同時又是重要的「京派」批評家，有《沫沫集》。他全部的寫作

都是在描述一種抒情詩般生活的消逝過程，並探討在這個無可避免的過程中人應當採取的應對方式。沈從文給後人留下了一個充滿溫度的解答，提出了一種積極的人生姿態，即永遠不要冷嘲，而以一種富於感情的目光注視變動中的歷史，同時在自身的事業中低頭努力，「很寂寞的從事於民族復興大業」（《長河‧題記》）。

關於沈從文的生平，他的學生，當代著名作家汪曾祺曾經有過一段生動的描述：「高爾基沿着伏爾加河流浪過。馬克‧吐溫在密西西比河上當過領港員。沈從文在一條長達千里的沅水上生活了一輩子。二十歲以前生活在沅水邊的土地上；二十歲以後生活在對這片土地的印象裏⋯⋯他的一生是一個離奇的故事。」

的確，沈從文的生命就是這麼離奇。看過他照片的人，都會感到他面容儒雅，但就是這個永遠有着謙卑微笑的人，卻對文學理想堅守到底，有着常人沒有的執着信念。

沈從文夫人張兆和的妹妹張充和如此概括他：「不折不從，亦慈亦讓；星斗其文，赤子其人。」他的一生，幾乎就是堅忍不拔地向着心中理想一步步邁進的典範，他做成的事情就是奇跡，並且讓人堅信人是可以創造奇跡的。他的口頭語是「耐煩」，意為鍥而不捨，不怕費勁。無論遇到甚麼挫折，都能在逆境中找到那條屬於自己的路。

知曉沈從文生平經歷的人，不會忘記他開始寫作時只有小學文化，連標點符號都不會用，他後來卻寫了四五十本小說，並成了西南聯大的教授；他一直稱自己為「鄉下人」，可他卻「從邊城走向世界」，作品被翻譯成多種文字，產生

世界性的影響；他擅長抒寫鄉間小兒女情事，真正讀懂的人卻能看出其間貫穿着再造民族品格的宏大主題；文學史家曾經對他評價不高，但他差一點獲得了諾貝爾文學獎，如果不是他在頒獎前幾個月去世的話；他活着的時候有很長一段時間被人遺忘，待到身後卻又突然被人記起，作品被選入各種教材，並受到越來越多人的尊重和喜愛。

如果對中國文學史和文化史同時感興趣的人，還會稍稍感覺有些恍惚：那個寫出了令人魂牽夢縈的小說傑作《邊城》的沈從文，20世紀40年代末以後好像消失了；倒是60年代以後，一個也叫沈從文的人寫了一本《中國古代服飾研究》，堪稱這一領域的開山鉅著。沒錯，這是同一個沈從文。

但做成那麼多事情的沈從文，卻又是個永遠保持童心的人。第一次到張兆和家，兆和的五弟寰和用零花錢請他喝汽水，他大為感動，許諾要為他寫故事。這個諾言兌現了：在著名的《月下小景》中，「張小五」的名字常常出現。沈從文會因為做了一件舊皮袍改製的皮大衣而高興得像個孩子；會因為一頓好菜而反覆稱讚。到了晚年，據汪曾祺的回憶，他喜歡放聲大笑，「笑得合不攏嘴，且擺動雙手作勢，真像一個孩子。只有看破一切人事乘除，得失榮辱，全置度外，心地明淨無渣滓的人，才能這樣暢快地大笑。」

這種童真氣質，使沈從文無論是前半生寫作還是後半生研究文物，都出於一種純粹的感動與深愛，他是一個真正的「美」的愛好者，各種人或物總能打動他。在「美」的鑒賞這一點上，寫小說與搞文物其實又是相通的。他彷彿一位

風景畫大師，在作品中留下了大量無法仿製的鄉村工筆畫，顏色、聲音和氣味樣樣不缺；而他的文物研究也被稱為「抒情考古學」，談到那些服飾、陶瓷、絲綢、刺繡等等，他常常興奮激動得像個孩子。這樣人生選擇與生命形態高度統一的例子實在不多見。如同他八十歲時汪曾祺贈他的詩裏所寫的：「玩物從來非喪志，著書老去為抒情。」

沈從文的創作態度相當謙遜，總稱自己的作品為「習作」，但在內心深處卻又對自身事業有着極堅定的自信。他在 20 世紀 30 年代寫給張兆和的信中說，自己的工作行將超越一切之上。《八駿圖》寫完後，他認為理應得到極高評價，認為「這個小書必永生」。

事實上，永生的不僅是一篇作品，沈從文的整個人生與數量龐大的文章，都散發着歷久彌醇的馨香，成為人們永遠解讀不盡的對象。

生之記錄（節選）

◖ 導讀

本文選自沈從文的第一部作品集《鴨子》，1926 年由北新書局出版，集中包含戲劇、小說、散文、詩歌四種文體，各體兼備的現象表明作者還處在找尋自我的習作階段。本文主要記述作者剛從鄉下來到北京城時，在困頓中的遐思。這裏選入的是第三、四兩節。

初登文壇的沈從文已經顯露出一股鮮有的靈氣：喻體選擇的陌生化（如把大人比作「搭秤的豬肝」）、細膩入微的心理描摹（如小孩子盼過節天晴，卻不好意思説出口的心思），預示着作者的創作之途未可限量。

更有意思的是，即便是在早年寫作中，沈從文已展現出他與一般作者不一樣的潛質：他是一個帶着耳朵聽世界的作者，這較之於常見的無聲無息的視覺描寫來説，無疑增加了立體與具象感。面對一座寂寞的古城，作者能感知「富於生趣」的雞叫；在沉靜不語的深藍天空下，聽到一遞一唱的雞唱；甚至連菜市場中雞的默不作聲也被他捉入筆底。在北京城中追憶家鄉的端陽節、淅瀝的龍舟雨，作者在充滿意趣的筆觸之中，或許已經尋覓到了他後來最擅長的在都市中反觀鄉土的視角。雖然此時並未純熟，然而文中對端陽節前後兒童們率真口吻的活潑還原，正向讀者預告：一位童心保存得完好的作者，將有精彩的力作問世，值得人們期待。

三

在雨後的中夏[1]白日裏，麻雀的吱喳雖然使人略略感到一點單調底[2]寂寞，但既沒有沙子被風吹揚，拿本書來坐在槐樹林下去看，還不至於枯燥。

鎮日[3]為街市電車弄得耳朵長是嗡嗡隆隆的我，忽又跑到這半鄉村式的學校來了。名為駱駝莊，我卻不見過一匹負有石灰包的駱駝，大概牠們這時是都在休息了吧。在這裏可以聽到富於生趣的雞聲，還是我到北京來一個新發見[4]。這些小喉嚨喊聲，是夾在農場上和煦可親的母牛叫喚小犢的喊聲裏的，還有坐在榆樹林裏躲蔭的流氓鷓鴣同牠們相應和。

雞聲我的確至少是有了兩年以上沒有聽到過了，鄉下的雞聲則是民十[5]時在沅州的三里坪農場中聽過。也許是還有別種原故吧，凡是雞聲，不問它是荒村午夜還是晴陰白晝：總能給我一種極深的新的感動。過去的切慕[6]與懷戀，而我也會從這些在別人聽來或許但會[7]感到夏日過長，催人疲倦思眠的單調長聲中找出。

初來北京時，我愛聽火車的嗚嗚汽笛。從這中我發見了

---

① 中夏，夏季之中，指農曆五月。又泛指盛夏時節。

② 底，同「的」。

③ 鎮日，整日。

④ 發見，同「發現」。

⑤ 民十，即民國十年，公元 1921 年。

⑥ 切慕，真切的嚮往、景仰與思戀。

⑦ 但會，只會。

它的偉大；使我不馴的野心常隨着那些嗚嗚聲向天涯不可知的遼遠渺茫中馳去。但這不過是一種空虛寂寞的客寓中寄託罷了！若拿來同鄉村中午雞相互唱酬的叫聲相比，給人的趣味，可又不相同了。

我以前從不會在寓中半夜裏有過一回被雞聲叫醒的事情。至於白日裏，除了電車的隆隆隆以外，便是百音合奏的市聲！連母雞下蛋時「咯大咯」也沒有聽到過。我於是疑心到北京城裏的住戶人家是沒有養過一隻活雞的。然而，我又知道我猜測的不對了，我每次為相識扯到飯館子去，總聽到「辣子雞」「熏雞」等等名色。我到菜市去玩時，似乎看到那些小攤子下面竹罩裏，的確也又還有些活鮮鮮（能伸翅膀，能走動，能低頭用嘴殼去清理翅子 —— 但不做聲）的雞。牠們如同啞子，擠擠挨挨站着卻沒有做聲。這若那[8]一個從沒看見過雞，僅僅根據書上或別人口中傳說「雞是好勇狠鬥，能引吭高唱……」雞的樣子，那末[9]，見了這罩子下的雞，我敢相信他絕不會以為這就是雞！若是他又不見過鴿子，但聽說鴿子是老實馴善的半家禽呢，那他就會開口說這是鴿子。

牠們之所以不能叫，或者並不是不會叫（因為凡雞都會叫，就是雞婆也能「咯大咯」），只是時時擔驚受怕，想着那鋒利的刀、沸滾的水，憂愁不堪，把叫的事就忘懷了呢！

---

⑧　那，同「哪」。

⑨　那末，同「那麼」。

這本不值得我們甚麼奇異，譬如我們人到憂愁無聊（還不至於死）時，不是連講話也不大願意開口嗎？

然而我還有不解者，是：北京的雞，固然是日陷於宰割憂懼中，但別的地方雞，就不是拿來讓人宰割的？為甚[10]別的地方的雞就有興致高唱愉快的調子呢？我於是乎覺得北京古怪。

看着沉靜不語的深藍天空，想着北京城中的古怪，為那些一遞一唱雞聲弄得有點疲倦來了。日光下的小生物，行動野佻，可厭而又可愛的蚊子，在空中如流星般晃去，似乎更其愉快活潑，我記起了「飄若驚鴻，宛若游龍」[11]兩句古典文章的用處來。

四

夜來聽到淅瀝的雨聲，還挾着嗡嗡隆隆的輕雷，屈指計算今年消失了的日月，記起小時覺得有趣的端陽節[12]將臨了。

這樣的雨，在故鄉說來是為划龍舟而落。若在故鄉聽着，將默默地數着雨點，為一年來老是臥在龍王廟倉房裏那幾隻長而狹的木舟高興，童心的歡悅，連夢也是甜蜜而舒適！北京沒有一條小河，足供五月節划龍舟娛樂，所以我覺得北京的端陽寂寞。既沒有划龍舟的小河，而為划龍舟而落的雨又依舊這樣落個不止，我於是又覺得這雨也異常落得寂

---

[10] 甚，同「甚麼」。

[11] 出自曹植《洛神賦》，形容洛神步態的優美和飄逸。

[12] 端陽節，即端午節，每年陰曆五月初五。

寞而無聊了。

雨是嘩喇[13]嘩喇地落，且當做故鄉的夜雨吧：臥在牀上已睡去幾時候的九妹，為這麼一個炸雷驚醒後，耳朵中聽到點點滴滴的雨聲了，又怕又喜，將摟着並頭睡着底媽的脖頸，極輕地說：

「媽，媽，你醒了吧。你聽又在落雨了！明天街上會漲水，河裏自然也會漲水。說不定莫把北門河的跳岩淹過了呢。我們看龍舟又非要到二哥的乾爹那吊樓上不可了！那橋上的吊樓好是好，可是若不大漲水，我們仍然能站到玉英姨她家那低一點的地方去看，無論如何要有趣一點。我又怕那樓高，我們不放炮仗，站到那麼高高的樓上去看有甚麼意思呢。媽，媽，你講看：到底是二哥乾爹那高樓上好，還是玉英姨家好呢？」

「我寶寶說得都是。你喜歡到那一處就去那處。你講那處好就是那處。」媽的答覆，若是這樣能夠使九妹聽來滿意，那麼，九妹便不再做聲，又閉眼睛做她的龍舟夢去了。

第二天早上，我倘若說：

「老九，老九，又漲大水了。明天，後天，看龍船快了！你預備的衣服怎樣？這無論如何不到十天了啦！」

她必又格登格登跑到媽身邊去催媽，為趕快把新的花紡綢衣衫縫好，說是免得又穿那件舊的現成的花格子洋紗衫子出醜。其實她衣所差者，不過一排扣子同領口上沒完工，然

---

[13] 嘩喇，同「嘩啦」，形容雨落下的聲音。

而她那衣服及時沒有縫成的恐怖，佔住心裏，終不能禁止她莫着急去同媽嘮叨。

晚上既是這樣大雨，則一到早上來，放在簷口下的那些木盆木桶會滿盆滿桶地裝着雨水了。這雨水省卻了我們到街上喊賣水老江進屋的工夫。包粽子的竹葉子便將在這些桶裏洗漂。

只要是落雨，可以不用問它大小，都能把小孩子引到端節來臨的歡喜中去。大人們呢，將為這雨增添了幾分忙碌。

但雨有時會偏偏到五日那一天也不知趣大落而特落的。（這是天的事情，誰能斷料的定？）所以，在這幾天，小孩子人人都有一點工作——這是沒有那一個小孩子不願搶着做的工作：就是祈禱。他們誠心祈禱那一天萬萬莫要落下雨來，縱天陰沒有太陽也無妨。他們祈禱的意思如像請求天一樣，是各個用心來默祝，口上卻不好意思說出。這工作既是一般小孩的事，是以九妹同六弟兩人都免不了背人偷偷地許下願心——大點的我，人雖大了，願天晴的心思卻不下於他倆。

於是，這中間就又生出爭持來了。譬如誰個膽虛一點，說了句「我猜那一天必要落雨呀」。

那一個便「不，不，決不！我敢同誰打賭：落下了雨，讓你打二十個耳刮子以外還同你磕一個頭。若是不，你就為我——」

「我猜必定要下，但不大。」心虛者又若極有把握地說。

「那我同你打賭吧。」

不消說，為天晴袒護這一方面的人，當聽到雨必定要下的話時，氣已登脖頸了！但你若疑心到說下雨方面的人就是

存心願意下雨，這話也說不去。這裏兩人虛心，兩人都深怕下雨而願意莫下雨，卻是一樣。

僥倖雨是不落了。那些小孩子們，對天的讚美與感謝，雖然是在心裏，但你也可從那微笑的臉上找出。這些誠懇的謝詞若用東西來貯藏，恐怕找不出那麼大的一個口袋呢。

我們在小的孩子們（雖然有不少的大人，但這樣美麗佳節原只是為小孩子預備的，大人們不過是搭秤的豬肝罷了。）喝采聲裏，可以看到那幾隻狹長得同一把刀一樣的木船在水面上如擲梭一般拋來拋去。一個上前去了，一個又退後了；一個停頓不動了，一個又打起圈子演龍穿花起來：使船行動的是幾個紅背心綠背心 —— 不紅不綠之花背心的水手。他們用小的橈樂促船進退，而他們身子又讓船載着來往，這在他們真可以說是用手在那裏走路呢。

過了這樣發狂似的玩鬧一天，那些小孩子如像把期待盡讓划船的人划了去，又太平無事了。那幾隻長狹木船自然會有些當事人把它拖上岸，放到龍王廟去休息，我們也不用再去管它。「它不寂寞嗎？」幸好愛遇事發生疑問的小孩們還沒有提出這麼一個問題來為難他媽。但我想，即或有聰明小孩子問到這事，還可以用「它已結結實實同你們玩了一整天，所以這時應得規規矩矩睡到龍王廟倉下去休息！它不是像小孩子愛熱鬧，所以也不會寂寞！」這些話來回答。

從這一天後，大人小孩似乎又漸漸地把昨日那幾把水上拋去的梭子忘卻了 —— 普通就很難聽到別人從閒話中提到這梭子的故事。直到第二年，五月節將近，龍舟雨再落時，又才有人從點點滴滴中把這位被忘卻的朋友記起。

我所生長的地方

導讀

此篇文章選自《從文自傳》，完成於 1932 年暑假，曾被多個出版社一再出版印行，深受讀者喜愛。著名作家周作人就把《從文自傳》列為 1934 年他最愛讀的書之一。

作為自傳的開篇之作，本文介紹了家鄉鎮筸的地理民情，沈從文在這裏長到快十五歲才離開。這個邊地小城，雖然被地圖遺忘了（只有到一百多年前的舊地圖上才能查到），也被歷史遺忘了（關於此地的正史記載幾乎是一片空白），但卻一直在作者的心底呼吸着。作者把自己的家鄉描述得如同童話中的城堡：在這裏，人與自然、人與神、官與民等等關係都異常融洽，而這段風俗畫似的描寫也是文章的點睛之筆。作者刻意把家鄉塗抹上一層夢幻色彩，末尾講到河邊人家女子時，形容她們「白臉長身，見人善作媚笑」，簡直就是屈原筆下「既含睇兮又宜笑」的「山鬼」的現代版。

但如果注意到這個大石頭砌成的圓城，無論在設計之初，還是幾百年後的今日，始終都與戰火相伴，就能明白作者用心築造的童話城堡其實正是一隻易碎的水晶鞋。或許，童話是真的，戰火也是真的，這個小城鎮筸，始終在歷史中扮演着特定的角色，卻又從來都被人忘記一樣。「真」與「幻」是沈從文散文中並行不悖的兩種色調，忽視了任何一層，可能都無法完整理解這位作者。

拿起我這枝[1]筆來，想寫點我在這地面上二十年所過的日子，所見的人物，所聽的聲，所嗅的氣味；也就是說我真真實實所受的人生教育，首先提到一個我從那兒生長的邊疆僻地小城時，實在不知道怎樣來着手就較方便些。我應當照城市中人的口吻來說，這真是一個古怪地方！只由於兩百年前滿人治理中國土地時，為鎮撫與虐殺殘餘苗族，派遣了一隊戍卒屯丁駐紮，方有了城堡與居民。這古怪地方的成立與一切過去，有一部《苗防備覽》[2]記載了些官方文件，但那只是一部枯燥無味的官書。我想把我一篇作品裏所簡單描繪過的那個小城，介紹到這裏來。這雖然只是一個輪廓，但那地方一切情景，卻浮凸起來，彷彿可用手去摸觸。

　　一個好事人，若從一百年前某種較舊一點的地圖上去尋找，當可在黔北，川東，湘西，一處極偏僻的角隅上，發現了一個名為「鎮筸」的小點。那裏同別的小點一樣，事實上應當有一個城市，在那城市中，安頓下三五千人口。不過一切城市的存在，大部分皆在交通、物產、經濟活動情形下面，成為那個城市枯榮的因緣，這一個地方，卻以另外一種意義無所依附而獨立存在。試將那個用粗糙而堅實巨大石頭砌成的圓城，作為中心，向四方展開，圍繞了這邊疆僻地的

①　枝，同「支」。

②　《苗防備覽》，清地理學家嚴如煜（1759—1826）編撰，共 22 卷。內容記載湘西及貴州銅仁、松桃，四川秀山一帶的山川、險要、道路，民俗、兵謀、營制和當地少數民族的有關文獻等。

孤城，約有四千到五千左右的碉堡，五百以上的營汛[3]。碉堡各用大石塊堆成，位置在山頂頭，隨了山嶺脈絡蜿蜒各處走去，營汛各位置在驛路上，佈置得極有秩序。這些東西在一百七十年前，是按照一種精密的計劃，各保持相當距離，在周圍數百里內，平均分配下來，解決了退守一隅常作蠢動的邊苗叛變的。兩世紀來滿清的暴政，以及因這暴政而引起的反抗，血染赤了每一條官路同每一個碉堡。到如今，一切完事了，碉堡多數業已[4]毀掉了，營汛多數成為民房了，人民已大半同化了。落日黃昏時節，站到那個巍然獨在萬山環繞的孤城高處，眺望那些遠近殘毀碉堡，還可依稀想見當時角鼓火炬傳警告急的光景。這地方到今日，已因為變成另外一種軍事重心，一切皆用一種迅速的姿勢，在改變，在進步，同時這種進步，也就正消滅到過去一切。

凡有機會追隨了屈原溯江而行那條長年澄清的沅水[5]，向上游去的旅客和商人，若打量由陸路入黔入川，不經古夜郎國，不經永順龍山，都應當明白「鎮箪」是個可以安頓他的行李最可靠也最舒服的地方。那裏土匪的名稱不習慣於一般人的耳朵。兵卒純善如平民，與人無侮無擾。農民勇敢而安分，且莫不敬神守法。商人各負擔了花紗同貨物，灑脫單獨向深山中村莊走去，與平民做有無交易，謀取什一[6]之利。

---

③　營汛，軍隊戍防之地。

④　業已，已經。

⑤　沅水，即沅江，發源於貴州，流入湖南。

⑥　什一，即十分之一。

地方統治者分數種：最上為天神，其次為官，又其次才為村長同執行巫術的神的侍奉者。人人潔身信神，守法愛官。每家俱有兵役，可按月各自到營上領取一點銀子，一份米糠，且可從官家領取二百年前被政府所沒收的公田，耕耨[7] 播種。城中人每年各按照家中有無，到天王廟去殺豬，宰羊，磔[8] 狗，獻雞，獻魚，求神保佑五穀的繁殖，六畜的興旺，兒女的長成，以及作疾病婚喪的禳解[9]。人人皆很高興擔負官府所分派的捐款，又自動地捐錢與廟祝或單獨執行巫術者。一切事保持一種淳樸習慣，遵從古禮；春秋二季農事起始與結束時，照例有年老人向各處人家斂錢，給社稷神唱木傀儡戲[10]。旱暵[11] 祈雨，便有小孩子共同抬了活狗，帶上柳條，或紮成草龍，各處走去。春天常有春官，穿黃衣各處唸農事歌詞。歲暮年末，居民便裝飾紅衣儺神[12] 於家中正屋，捶大鼓如雷鳴，苗巫穿鮮紅如血衣服，吹鏤銀牛角，拿銅刀，踴躍歌舞娛神。城中的住民，多當時派遣移來的戍卒屯丁，此外則有江西人在此賣布，福建人在此賣煙，廣東人在此賣藥。地方由少數讀書人與多數軍官，在政治上與婚姻上兩面的結合，產生一個上層階級。這階級一方面用一種保守穩健的政

---

⑦ 耨（nòu），除草。

⑧ 磔（zhé），古代的一種酷刑，把肢體分裂。

⑨ 禳（ráng）解，迷信的人向鬼神祈禱消除災殃。

⑩ 木傀儡戲，木偶戲。

⑪ 暵（hàn），曝曬，使乾枯。

⑫ 儺（núo）神，驅除瘟疫的神。

策，長時期管理政治；一方面支配了大部分屬於私有的土地。而這階級的來源，卻又仍然出於當年的戍卒屯丁。地方城外山坡上產桐樹杉樹，礦坑中有朱砂水銀，松林裏生菌子，山洞中多硝。城鄉全不缺少勇敢忠誠適於理想的兵士，與溫柔耐勞適於家庭的婦人。在軍校階級廚房中，出異常可口的菜飯；在伐樹砍柴人口中，出熱情優美的歌聲。

地方東南四十里接近大河，一道河流肥沃了平衍的兩岸，多米，多橘柚。西北二十里後，即已漸入高原，近抵苗鄉，萬山重疊，大小重疊的山中，大杉樹以長年深綠逼人的顏色，蔓延各處。一道小河從高山絕澗中流出，匯集了萬山細流，沿了兩岸有杉樹林的河溝奔駛而過，農民各就河邊編縛竹子做成水車，引河中流水，灌溉高處的山田。河水常年清澈，其中多鱖魚、鯽魚、鯉魚，大的比人腳板還大。河岸上那些人家裏，常常可以見到白臉長身，見人善作媚笑的女子。小河水流環繞「鎮筸」北城下駛，到一百七十里後方匯入辰河，直抵洞庭。

這地方又名鳳凰廳，到民國後便改成了縣治，名鳳凰縣。辛亥革命後，湘西鎮守使與辰沅道皆駐節在此地。地方居民不過五六千，駐防各處的正規兵士卻有七千。由於環境的不同，直到現在，其地綠營兵役制度尚保存不廢，為中國綠營軍制唯一殘留之物。

我就生長到這樣一個小城裏，將近十五歲時方離開。出門兩年半，回過那小城一次以後，直到現在為止，那城門

我還不再進去過。但那地方我是熟習^⑬的。現在還有許多人生活在那個城市裏，我卻常常生活在那個小城過去給我的印象裏。

⑬　熟習，同「熟悉」。

我讀一本小書同時又讀一本大書

導讀

　　此篇亦為《從文自傳》中的一篇。名為「讀書記」，實為「逃學記」。「小書」是指在私塾中所讀的書本，「大書」則是指私塾以外的廣闊天地。頑童時代的沈從文當然覺得讀「大書」要比讀「小書」有意思多了（其實即便成為作家以後，沈從文仍保持了不安於眼前事務，愛向遠處「凝眸」的性格），而這種不安分的天性似乎又比一般頑童來得強烈，於是，他便展開了各式各樣的逃學活動。逃學當然免不了被發現後受罰，但他似乎並不悔改。有意思的是，天氣好時的逃學可以下河游泳等等，天氣不好時則往往無處可逃。但即便是目的性很不明確的逃學，只為看看人下棋、打拳、相罵，他似乎也「逃」得津津有味。

　　然而本文又的確是一篇「讀書記」。長大後的作者回憶起這番往事時，並沒有追悔當年的荒唐。各人領悟自然、人事的機緣不同，對這個偏愛玄思幻想的、不折不扣的頑童來說，逃學正是他明白許多事情的絕好途徑，正是奔赴大自然與人間街市途中的所見、所聞、所嗅、所感，敲開了他感知萬事萬物的大門。作者對當年景象作了令人驚訝的工筆畫式的再現：聲音、色彩、氣味等纖毫畢備，這正是此文受人喜愛的重要原因。

我能正確記憶到我小時的一切，大約在兩歲左右。我從小到四歲左右，始終健全肥壯如一隻小豚[①]。四歲時母親一面告給我認方字，外祖母一面便給我糖吃，到認完六百生字時，腹中生了蛔蟲，弄得黃瘦異常，只得每天用草藥蒸雞肝當飯。那時節我即已跟隨了兩個姊姊，到一個女先生處上學。那人既是我的親戚，我年齡又那麼小，過那邊去唸書，坐在書桌邊讀書的時節較少，坐在她膝上玩的時間或者較多。

　　到六歲時，我的弟弟方兩歲，兩人同時出了疹子，時正六月，日夜皆在嚇人高熱中受苦。又不能躺下睡覺，一躺下就咳嗽發喘；又不要人抱，抱時全身難受。我還記得我同我那弟弟兩人當時皆用竹簟[②]捲好，同春卷一樣，豎立在屋中陰涼處。家中人當時業已為我們預備了兩具小小棺木，擱在院中廊下。但十分幸運，兩人到後居然全好了。我的弟弟病後僱請了一個壯實高大的苗婦人照料，照料得法，他便壯大異常。我因此一病，卻完全改了樣子，從此不再與肥胖為緣了。

　　六歲時我已單獨上了私塾。如一般風氣，凡是私塾中給予小孩子的虐待，我照樣也得到了一份。但初上學時我因為在家中業已認字不少，記憶力從小又似乎特別好，故比較其餘小孩，可謂十分幸福。第二年後換了一個私塾，在這私

---

① 豚，小豬，泛指豬。
② 竹簟（diàn），竹蓆。

塾中，我跟從了幾個較大的學生，學會了頑劣孩子抵抗頑固塾師的方法，逃避那些書本，去同一切自然相親近。這一年的生活形成了我一生性格與感情的基礎。我間或逃學，且一再說謊，掩飾我逃學應受的處罰。我的爸爸因這件事十分憤怒，有一次竟說若再逃學說謊，便當實行砍去我一個手指。我仍然不為這話所恐嚇，機會一來時，總不把逃學的機會輕輕放過。當我學會了用自己眼睛看世界一切，到一切生活中去生活時，學校對於我便已毫無興味可言了。

我爸爸平時本極愛我，我曾經有一時還作過我那一家的中心人物。稍稍害點病時，一家人便光着眼睛不即睡眠，在牀邊服侍我，當我要誰抱時誰就伸出手來。家中那時經濟情形很好，我在物質方面所享受到的，比起一般親戚小孩，似乎皆好得多。我的爸爸既一面只做將軍的好夢，一面對於我卻懷了更大的希望。他彷彿早就看出我不是個軍人，不希望我做將軍，卻告給我祖父的許多勇敢光榮的故事，以及他庚子[3]年間所得的一分經驗。他以為我不拘做甚麼事，總之應比做個將軍高些。第一個讚美我明慧的就是我的爸爸。可是當他發現了我成天從塾中逃出到太陽底下，同一羣小流氓遊蕩，任何方法都不能拘束這顆小小的心，且不能禁止我狡猾地說謊時，我的行為實在傷了這個軍人的心。同時那小我四歲的弟弟，因為看護他的苗婦人照料十分得法，身體養育得

---

[3]　庚子，公元 1900 年，清政府和帝國主義列強開戰，八國聯軍侵入北京，以清政府的割地賠款而告終。

強壯異常，年齡雖小，便顯得氣派宏大，凝靜結實，且極自尊自愛，故家中人對我感到失望時，對他便異常關切起來。這小孩子到後來也並不辜負家中人的期望，二十二歲時便做了步兵上校。至於我那個爸爸，卻在蒙古、東北、西藏各處軍隊中混過，民國二十年時還只是一個上校，把將軍希望留在弟弟身上，在家鄉從一種極輕微的疾病中便瞑目了。

我有了外面的自由，對於家中的愛護反覺處處受了牽制，因此家中人疏忽了我的生活時，反而似乎使我方便了一些。領導我逃出學塾，盡我到日光下去認識這大千世界微妙的光、稀奇的色，以及萬匯百物的動靜，這人是我一個張姓表哥。他開始帶我到他家中橘柚園中去玩，到各處山上去玩，到各種野孩子堆裏去玩，到水邊去玩。他教我說謊，用一種謊話對付家中，又用另一種謊話對付學塾，引誘我跟他各處跑去。即或不逃學，學塾為了擔心學童下河洗澡，每到中午散學時，照例必在每人手心中用朱筆寫個大字，我們尚依然能夠一手高舉，把身體泡到河水中玩個半天。這方法也虧那表哥想出的。我感情流動而不凝固，一派清波給予我的影響實在不小。我幼小時較美麗的生活，大部分都同水不能分離。我的學校可以說是在水邊的。我認識美，學會思索，水對我有較大的關係。我最初與水接近，便是那荒唐表哥領帶的。

現在說來，我在做孩子的時代，原來也不是個全不知自重的小孩子。我並不愚蠢。當時在一班表兄弟中和弟兄中，似乎只有我那個哥哥比我聰明，我卻比其他一切孩子解事。但自從那表哥教會我逃學後，我便成為毫不自重的人了。在

各樣教訓、各樣的方法管束下，我不歡喜讀書的性情，從塾師方面，從家庭方面，從親戚方面，莫不對於我感覺得無多希望。我的長處到那時只是種種的說謊。我非從學塾逃到外面空氣下不可，逃學過後又得逃避處罰。我最先所學，同時拿來致用的，也就是根據各種經驗來製作各種謊話。我的心總得為一種新鮮聲音、新鮮顏色、新鮮氣味而跳。我得認識本人生活以外的生活。我的智慧應當從直接生活上得來，卻不需從一本好書、一句好話上學來。似乎就只這樣一個原因，我在學塾中，逃學記錄點數，在當時便比任何一人都高。

離開私塾轉入新式小學時，我學的總是學校以外的；到我出外自食其力時，我又不曾在職務上學好過甚麼，二十年後我「不安於當前事務，卻傾心於現世光色，對於一切成例與觀念皆十分懷疑，卻常常為人生遠景而凝眸」這份性格的形成，便應當溯源於小時在私塾中逃學習慣。

自從逃學成習慣後，我除了想方設法逃學，甚麼也不再關心。

有時天氣壞一點，不便出城上山裏去玩，逃了學沒有甚麼去處，我就一個人走到城外廟裏去，那些廟裏總常常有人在殿前廊下絞繩子、織竹簟、做香，我就看他們做事。有人下棋，我看下棋。有人打拳，我看打拳。甚至於相罵，我也看着，看他們如何罵來罵去，如何結果。因為自己既逃學，走到的地方必不能有熟人，所到的必是較遠的廟裏。到了那裏，既無一個熟人，因此甚麼事皆只好用耳朵聽，眼睛去看，直到看無可看、聽無可聽時，我便應當設計打量我怎麼

回家去的方法了。

　　來去學校我得拿一個書籃。逃學時還把書籃掛到手肘上，這就未免太蠢了一點。凡這麼辦的可以說是不聰明的孩子。許多這種小孩子，因為逃學到各處去，人家一見就認得出，上年紀一點的人見到時就會說：「逃學的人，你趕快跑回家挨打去，不要在這裏玩。」若無書籃，可不會受這種教訓。因此我們就想出了一個方法，把書籃寄存到一個土地廟裏去。那地方無一個人看管，但誰也用不着擔心他的書籃。小孩子對於土地神全不缺少必需的敬畏，都信託這木偶，把書籃好好地藏到神座龕子④裏去，常常同時有五個或八個，到時卻各人把各人的拿走，誰也不會亂動旁人的東西。我把書籃放到那地方去，次數是不能記憶了的，照我想來，擱的最多的必定是我。

　　逃學失敗被家中、學校任何一方面發覺時，兩方面總得各挨一頓打。在學校得自己把板凳搬到孔夫子牌位前，伏在上面受笞⑤。處罰過後，還要對孔夫子牌位作一揖，表示懺悔。有時又常常罰跪至一根香時間。我一面被處罰跪在房中的一隅，一面便記着各種事情，想像恰好生了一對翅膀，憑經驗飛到各樣動人事物上去。按照天氣寒暖，想到河中的鱖魚⑥被釣起離水以後潑剌⑦的情形，想到天上飛滿風箏

────────────

④　龕（kān）子，供奉佛像、神位等的小閣子。

⑤　笞，鞭打。

⑥　鱖魚，一種魚，生活在淡水中，是我國的特產。

⑦　潑剌（là），形容魚激起的水聲音。

的情形，想到空山中歌呼的黃鸝，想到樹木上纍纍的果實。由於最容易神往到種種屋外東西上去，反而常把處罰的痛苦忘掉，處罰的時間忘掉，直到被喚起以後為止，我就從不曾在被處罰中感覺過小小冤屈。那不是冤屈。我應感謝那種處罰，使我無法同自然接近時，給我一個練習想像的機會。

家中對這件事自然照例不大明白情形，以為只是教師方面太寬的過失，因此又為我換一個教師。我當然不能在這些變動上有甚麼異議。現在說來，我倒又得感謝我的家中。因為先前那個學校比較近些，雖常常繞道上學，終不是個辦法，且因繞道過遠，把時間耽誤太久時，無可託詞。現在的學校可真很遠很遠了，不必包繞偏街，我便應當經過許多有趣味的地方了。從我家中到那個新的學塾裏去時，路上我可看到針鋪門前永遠必有一個老人戴了極大的眼鏡，低下頭來在那裏磨針。又可看到一個傘鋪，大門敞開，做傘時十幾個學徒一起工作，盡人欣賞。又有皮靴店，大胖子皮匠天熱時總腆出一個大而黑的肚皮（上面有一撮毛！），用夾板上鞋。又有剃頭鋪，任何時節總有人手托一個小小木盤，呆呆地在那裏盡剃頭師傅刮頭。又可看到一家染坊，有強壯多力的苗人，踹在凹形石碾上面，站得高高的，偏左偏右地搖盪。又有三家苗人打豆腐的作坊，小腰、白齒、頭包花帕的苗婦人，時時刻刻口上都輕聲唱歌，一面引逗縛在身背後包單裏的小苗人，一面用放光的銅勺舀取豆漿。我還必須經過一個豆粉作坊，遠遠地就可聽到騾子推磨隆隆的聲音，屋頂棚架上晾滿白粉條。我還得經過一些屠戶肉案桌，可看到那

些新鮮豬肉砍碎時尚在跳動不止。我還得經過一家紮冥器[⑧]、出租花轎的鋪子，有白面無常鬼、藍面魔鬼、魚龍、轎子、金童玉女，每天且可以從他那裏看出有多少人接親，有多少冥器，那些定做的作品又成就了多少，換了些甚麼式樣。並且還常常停頓一兩分鐘，看他們貼金、敷粉、塗色。

我就歡喜看那些東西，一面看一面明白了許多事情。

每天上學時，我照例手肘上掛了那個竹書籃，裏面放兩本破書，在家中雖不敢不穿鞋，可是一出了大門，即刻就把鞋脱下拿到手上，赤腳向學校走去。不管如何，時間照例是有多餘的，因此我總得繞一節路玩玩。若從西城走去，在那邊就可看到牢獄，大清早若干人從那方面戴了腳鐐從牢中出來，派過衙門去挖土。若從殺人處走過，昨天殺的人還不收屍，一定已被野狗把屍首咂碎或拖到小溪中去了，就走過去看看那個糜碎了的屍體，或拾起一塊小小石頭，在那個污穢的頭顱上敲打一下，或用一木棍去戳戳，看看會動不動。若還有野狗在那裏爭奪，就預先拾了許多石頭放在書籃裏，隨手一一向野狗拋擲，不再過去，只遠遠地看看，就走開了。

既然到了溪邊，有時候溪中漲了小小的水，就把袴[⑨]管高捲，書籃頂在頭上，一隻手扶着書籃，一隻手照料褲子，在沿了城根流去的溪水中走去，直到水深齊膝處為止。學校在北門，我出的是西門，又進南門，再繞從城裏大街一直走

---

⑧ 冥器，古代陪葬的器物，最初是死者生前用的器物，後來是用陶土、木頭等仿製的模型，亦作明器。

⑨ 袴（kù），同「褲」。

去。在南門河灘方面，我還可以看一陣殺牛，機會好時，恰好正看到那老實可憐畜牲放倒的情形。因為每天可以看一點點，殺牛的手續同牛內臟的位置，不久也就被我完全弄清楚了。再過去一點就是邊街，有織簟子的鋪子，每天任何時節皆有幾個老人坐在門前，用厚背的鋼刀破篾，有兩個小孩子蹲在地上織簟子。（這種事情在學校門邊也有，我對於這一行手藝，所明白的種種，現在說來似乎比寫字還在行。）又有鐵匠鋪，製鐵爐同風箱皆佔據屋中，大門永遠敞開着，時間即或再早一些，也可以看到一個小孩子兩隻手拉着風箱橫柄，把整個身子的分量前傾後倒，風箱於是就連續發出一種吼聲，火爐上便放出一股臭煙同紅光。待到把赤紅的熱鐵拉出擱放到鐵砧⑩上時，這個小東西，趕忙舞動細柄鐵錘，把鐵錘從身背後揚起，在身面前落下，火花四濺地一下一下打着。有時打的是一把刀，有時打的是一件農具。有時看到的又是用一把鑿子在未淬水⑪的刀上起去鐵皮，有時又是把一條薄薄的鋼片嵌進熟鐵裏去。日子一多，關於任何一件鐵器的製造秩序我也不會弄錯了。邊街又有小飯鋪，門前有個大竹筒，插滿了用竹子削成的筷子，有乾魚同酸菜，用缽頭裝滿，放在門前櫃台上，引誘主顧上門，意思好像是說：「吃我，隨便吃我，好吃！」每次我總仔細看看，真所謂過屠門而大嚼。

---

⑩　砧（zhēn），打鐵時墊在底下的器具。

⑪　淬（cùi）水，把金屬工件加熱到一定溫度，然後浸入水中急速冷卻，以增加金屬工件的硬度和強度等。

我最歡喜天上落雨，一落了小雨，若腳下穿的是布鞋，即或天氣正當十冬臘月，我也可以用恐怕濕卻鞋襪為辭，有理由即刻脫下鞋襪，赤腳在街上走路。但最使人開心事，還是落過大雨以後，街上許多地方已被水所浸沒，許多地方陰溝中湧出水來，在這些地方照例常常有人不能過身，我卻赤着兩腳故意向深水中走去。若河中漲了大水，照例上游會漂流的有木頭、家具、南瓜同其他東西，就趕快到橫跨大河上的橋上去看熱鬧。橋上必已經有人用長繩繫了自己的腰身，在橋頭上待着，注目水中，有所等待。看到有一段大木或一件值得下水的東西浮來時，就踴身一躍，騎到那樹上，或傍近物邊，把繩子縛定，自己便快快地向下游岸邊汹^⑫去。另外幾個在岸邊的人把水中人援助上岸後，就把繩子拉着，或纏繞到大石上、大樹上去，於是第二次又有第二人來在橋頭上等候。我歡喜看人在泅水裏扳罾^⑬，巴掌大的活魚在網中蹦跳。一漲了水，照例也就可以看這種有趣味的事情。照家中規矩，一落雨就得穿上釘鞋，我可真不願意穿那種笨重釘鞋。雖然在半夜時有人從街巷裏過身，釘鞋聲音實在好聽，大白天對於釘鞋我依然毫無興味。

　　若在四月落了點小雨，山地裏田塍^⑭上各處皆是蟋蟀聲音，真使人心花怒放。在這些時節，我便覺得學校真沒有意思，簡直坐不住，總得想方設法逃學上山去捉蟋蟀。有時沒

⑫　汹（qiú），浮水。

⑬　罾（zēng），魚網。

⑭　田塍（chéng），田間的土梗子。

有甚麼東西安置這小東西，就走到那裏去，把第一隻捉到手後又捉第二隻，兩隻手各有一隻後，就聽第三隻。本地蟋蟀原分春秋二季，春季的多在田間泥裏草裏，秋季的多在人家附近石罅⑮裏瓦礫中，如今既然這東西只在泥層裏，故即或兩隻手心各有一匹小東西後，我總還可以想方設法把第三隻從泥土中趕出，看看若比較手中的大些，即開釋了手中所有，捕捉新的，如此輪流換去，一整天方捉回兩隻小蟲。城頭上有白色炊煙，街巷裏有搖鈴鐺賣煤油的聲音，約當下午三點左右時，趕忙走到一個刻花板的老木匠那裏去，很興奮地同那木匠説：

「師傅師傅，今天可捉了大王來了！」

那木匠便故意裝成無動於衷的神氣，仍然坐在高凳上玩他的車盤，正眼也不看我地説：「不成，要打打，得賭點輸贏！」

我説：「輸了替你磨刀成不成？」

「嗨，夠了，我不要你磨刀，上次磨鑿子還磨壞了我的傢伙！」

這不是冤枉我的一句話，我上次的確磨壞了他一把鑿子。不好意思再説磨刀了，我説：

「師傅，那這樣辦法，你借給我一個瓦盆子，讓我自己來試試這兩隻誰能幹些好不好？」我説這話時真怪和氣，為的是他以逸待勞，不允許我還是無辦法。

---

⑮ 罅（xià），縫隙。

那木匠想了想，好像莫可奈何的樣子。「借盆子得把戰敗的一隻給我，算作租錢。」

我滿口答應：「那成那成。」

於是他方離開車盤，很慷慨地借給我一個泥罐子，頃刻之間我也就只剩下一隻蟋蟀了。這木匠看看我捉來的蟲還不壞，必向我提議：「我們來比比，你贏了，我借你這泥罐一天；你輸了，你把這蟋蟀輸給我，辦法公平不公平？」我正需要那麼一個辦法，連說「公平公平」，於是這木匠進去了一會兒，拿出一隻蟋蟀來同我一門，不消說，三五回合我的自然又敗了。他用的蟋蟀照例卻常常是我前一天輸給他的。那木匠看看我有點頹喪，明白我認識那匹小東西，擔心我生氣時一摔，一面趕忙收拾盆罐，一面帶着鼓勵我神氣笑笑地說：

「老弟，老弟，明天再來，明天再來！你應當捉好的來，走遠一點。明天來，明天來！」

我甚麼話也不說，微笑着，出了木匠的大門，回家了。

這樣一整天在為雨水泡軟的田塍上亂跑，回家時常常全身是泥，家中當然一望而知，於是不必多說，沿老例跪一根香，罰關在空房子裏，不許哭，不許吃飯。等一會兒我自然可以從姊姊方面得到充飢的東西，悄悄地把東西吃下以後，我也疲倦了，因此空房中即或再冷一點，老鼠來去很多，一會兒就睡着，再也不知道如何上牀的事了。

即或在家中那麼受折磨，到學校去時又免不了補挨一頓板子，我還是在想逃學時就逃學，決不為經驗所恐嚇。

有時逃學又只是到山上去偷人家園地裏的李子、枇杷，

主人拿着長長的竹竿大罵着追來時，就飛奔而逃，逃到遠處，一面吃那個贓物，一面還唱山歌氣那主人。總而言之，人雖小小的，兩隻腳跑得很快，甚麼茨棚[⑯]裏鑽去也不在乎，要捉我可捉不到，就認為這種事很有趣味。

可是只要我不逃學，在學校裏我是不至於像其他那些人受處罰的。我從不用心唸書，但我從不在應當背誦時節無法對付。許多書總是臨時來讀十遍八遍，背誦時節卻居然朗朗上口、一字不遺。也似乎就由於這份小小聰明，學校把我同一般人的待遇，更使我輕視學校。家中不了解我為甚麼不想上進，不好好地利用自己聰明用功，我不了解家中為甚麼只要我讀書，不讓我玩。我自己總以為讀書太容易了點，把認得的字記記那不算甚麼希奇[⑰]。最希奇處應當是另外那些人，在他那份習慣下所做的一切事情。為甚麼騾子推磨時得把眼睛遮上？為甚麼刀得燒紅時在水裏一淬方能堅硬？為甚麼雕佛像的會把木頭雕成人形，所貼的金那麼薄，又用甚麼方法做成？為甚麼小銅匠會在一塊銅板上鑽那麼一個圓眼，刻花時刻得整整齊齊？這些古怪事情太多了。

我生活中充滿了疑問，都得我自己去找尋解答。我要知道的太多，所知道的又太少，有時便有點發愁。就為的是白日裏太野，各處去看，各處去聽，還各處去嗅聞：死蛇的氣味、腐草的氣味、屠戶身上的氣味、燒碗處土窯被雨以後放

---

⑯　茨（cí）棚，用茅草或蘆葦、蒺藜等蓋的棚子。

⑰　希奇，同「稀奇」。

出的氣味，要我說來，雖當時無法用言語去形容，要我辨別卻十分容易。蝙蝠的聲音，一隻黃牛當屠戶把刀剚[18]進牠喉中時歎息的聲音，藏在田塍土穴中大黃喉蛇的鳴聲，黑暗中魚在水面潑剌的微聲，全因到耳邊時分量不同，我也記得那麼清清楚楚。因此回到家裏時。夜間我便做出無數希奇古怪的夢。這些夢直到將近二十年後的如今，還常常使我在半夜時無法安眠，既把我帶回到那個「過去」的空虛裏去，也把我帶往空幻的宇宙裏去。

在我面前的世界已夠寬廣了，但我似乎還得一個更寬廣的世界。我得用這方面得到的知識證明那方面的疑問。我得從比較中知道誰好誰壞。我得看許多業已由於好詢問別人，以及好自己幻想，所感覺到的世界上的新鮮事情、新鮮東西。結果能逃學我逃學，不能逃學我就只好做夢。

照地方風氣說來，一個小孩子野一點的，照例也必需強悍一點，因此各處方能跑去。各處跑去皆隨時都會有一樣東西在無意中撲到你身邊來，或是一隻兇惡的狗，或是一個頑劣的人。無法抵抗這點襲擊，就不容易各處自由放蕩。一個野一點的孩子，即或身邊不必時時刻刻帶一把小刀，也總得帶一削尖的竹塊，好好地插到袴帶上；遇機會到時，就取出來當作軍器，尤其是到一個離家較遠的地方去看木傀儡戲，不準備廝殺一場簡直不成。你能幹點，單身往各處去，有人挑戰時還只是一人近你身邊來惡鬥；若包圍到你身邊的頑童

⑱　剚（tuán），割斷，截斷。

人數極多，你還可挑選同你精力相差不大的一人。你不妨指定其中一個説：

「要打嗎？你來，我同你來。」

到時也只那一個人攏來，被他打倒，你活該，只好伏在地上盡他壓着痛打一頓。你打倒了他，他活該，把他揍夠後你可以自由走去，誰也不會追你，只不過説句「下次再來」罷了。

可是你根本上若就十分怯弱，即或結伴同行，到甚麼地方去時，也會有人特意挑出你來毆鬥。應戰你得吃虧，不答應你得被仇人與同伴兩方面奚落，頂不經濟[19]。

感謝我那爸爸給了我一份勇氣，人雖小，到甚麼地方去我總不嚇怕。到被人圍上必需打架時，我能挑出那些同我不差多少的人來，我的敏捷同機智，總常常佔點上風。有時氣運不佳，無意中被人摔倒，我還會有方法翻身過來壓到別人身上去。在這件事上我只吃過一次虧，不是一個小孩，卻是一隻惡狗，把我攻倒後，咬傷了我一隻手。我走到任何地方去皆不怕誰，同時又換了好些私塾，各處皆有些同學，各處互相皆逃過學，便有無數朋友，因此也不會同人打架了。可是自從被那隻惡狗攻過一次以後，到如今我卻依然十分怕狗。

至於我那地方的大人，用單刀在大街上決鬥本不算回事。事情發生時，那些有小孩子在街上玩的母親，只不過

---

⑲　經濟，此處指划算。

說：「小雜種，站遠一點，不要太近！」囑咐小孩子稍稍站開點罷了。但本地軍人互相砍殺雖不出奇，行刺暗算卻不作興。這類善於毆鬥的人物，在當地另成一組，豁達大度，謙卑接物，為友報仇，愛義好施，且多非常孝順。但這類人物為時代所陶冶，到民五[20]以後也就漸漸消滅了。雖有些青年軍官還保存那點風格，風格中最重要的一點灑脫處，卻為了軍紀一類影響，大不如前輩了。

我有三個堂叔叔，皆住在城南鄉下，離城四十里左右。那地方名黃羅寨，出強悍的人同猛鷙[21]的獸。我爸爸三歲時在那裏差一點險被老虎咬去；我四歲左右，到那裏第一天，就看見鄉下人抬了一隻死虎進城，給我留下極深刻的印象。

我還有一個表哥，住在城北十里地名長寧哨的鄉下，從那裏再過去十里便是苗鄉。表哥是一個紫色臉膛的人，一個守碉堡的戰兵。我四歲時被他帶到鄉下去過了三天，二十年後還記得那個小小城堡黃昏來時鼓角的聲音。

這戰兵在苗鄉有點勢力，很能喊叫一些苗人。每次來城時，必為我帶一隻小鬥雞或一點別的東西。一來為我說苗人故事，臨走時我總不讓他走。我歡喜他，覺得他比鄉下叔父有趣。

---

[20]　民五，民國五年，公元 1916 年。

[21]　猛鷙（zhì），兇猛力大。

姓 文 的 祕 書

　　此篇亦為《從文自傳》的一部分，主要描述「我」與文祕書
的相遇。這個投身行伍的少年一口一個「老子」的講話方式實在
惹人發笑，後來的大作家居然是通過文祕書介紹的報紙認識了許
多字，這不禁讓人感歎生命的偶然和奇妙。但機緣巧合真的發生
了：青緞馬褂的文祕書出現在「我」面前，口氣和婉卻讓人不得
不收斂三分，隨身攜帶的兩本載着天下一切答案的《辭源》，更讓
「我」敬佩萬分。不愛讀書的少年終於被一種令他心服口服的方式
征服了，生命中那份原始而強烈的求知熱情被喚醒了。

　　文祕書走入「我」生活後發生的種種好笑事情，其實是作者
少年時代所代表的鄉野世界與成年後必定要接觸的文明世界之間
撞擊出的第一朵火花。文祕書這個「趣人」帶來了《辭源》、《申
報》等文明世界的古怪玩意兒，聽到「我」和夥伴說着粗鄙俚俗
的野話時則勸誡說「你應當學好的」。雖然當時的「我」並不懂甚
麼叫「好的」，但文祕書為「我」打開了一扇窗，一粒日後長成
參天大樹的小小種子也在此時種下了。帶着滿身的狂妄與桀驁不
馴，一個野氣十足的毛頭小子睜開了聰慧的眼睛，開始如飢似渴
地打量外面的世界。

　　需要注意的是，儘管憶及文祕書這位舊人時，作者不無感

激，但他並不認為文祕書對「我」的知識啟蒙是種單向輸入，相反，他一直強調這是一種交換式談話，因為「我」滿肚子的田野知識也曾讓文祕書聽得入迷。這反映了作者潛意識中對「文明」的反思，以及對其着意保持的距離。

　　當我已升做司書，常常伏在戲樓上、窗口邊練字時，從別處地方忽然來了一個趣人[①]，做司令部的祕書官。這人當時只能說他很有趣，現在想起他那個風格，也做過我全生活一顆釘子、一個齒輪，對於他有可感謝處了。

　　這祕書先生小小的個兒，白臉白手，一來到就穿了青緞馬褂各處拜會。這真是希奇事情。部中上下照例全不大講究禮節，吃飯時各人總得把一隻腳蹺到板凳上去，一面把菜飯塞滿一嘴，一面還得含含糊糊罵些野話。不拘說到甚麼人，總得說：

　　「那雜種，真是……」

　　這種辱罵並且常常是一種親切的表示，言語之間有了這類語助詞，大家談論就彷彿親愛了許多。小一點且常喊小鬼、小屁眼客，大一點就喊吃紅薯、吃糟的人物，被喊的也從無人作興生氣。如果見面只是規規矩矩寒暄，大家倒以為是從京裏學來的派頭，有點「不堪承教」了。可是那姓文的祕書到了部裏以後，對任何人都客客氣氣的，即或叫副兵，也輕言細語，同時當着大家放口說野話時，他就只微微笑着。等到我們熟了點，單是我們幾個祕書處的同事在一處時，他見我說話，凡屬自稱必是「老子」，他把頭搖着：「啊呀呀，小師爺，你人還那麼一點點大，一說話也老子長

---

① 　趣人，指文頤真，湖南瀘溪人，曾留學日本。指沈從文早年參加湘西靖國聯軍第二軍游擊第一支隊，在軍隊中擔任祕書處的上士司書一職。湘西靖國聯軍為辛亥革命後為了湘西的軍事而成立的。唐繼堯為湘西靖國聯軍總司令，張學濟為靖國聯軍第二軍軍長。

老子短！」

我說：「老子不管，這是老子的自由。」可是我看看他那和氣的樣子，有點害羞起來了，便解釋我的意見：「這是說來玩的，不損害誰。」

那祕書官說：「莫玩這個，你聰明，你應當學好的，世界上有多少好事情可學！」

我把頭偏着說：「那你給老子說說，老子再看看甚麼樣好就學甚麼吧。」

因為我一面說話一面看他，所以凡是說到「老子」時總不得不輕聲一點，兩人談到後來，不知不覺就成為要好的朋友了。

我們的談話也可以說是正在那裏互相交換一種知識，我從他口中雖得到了不少知識，他從我口中所得的也許還更多一點。

我為他作狼嗥②，作老虎吼，且告訴他野豬腳跡同山羊腳跡的分別，我可以從他那裏知道火車叫的聲音、輪船叫的聲音，以及電燈電話的樣子。我告他的是一個被殺的頭如何沉重，那些開膛取膽的手術，應當如何把刀在腹部斜勒，如何從背後踢那麼一腳。他卻告我美國兵、英國兵穿的衣服，且告我魚雷艇是甚麼，氫氣球是甚麼；他對於我所知道的種種覺得十分新奇，我也覺得他所明白的真真古怪。

這種交換談話各人皆彷彿各有所得，故在短短的時間

② 嗥（háo），豺狼等大聲叫。

中，我們便成就了一種最可紀念的友誼。他來到了懷化後，先來幾天因為天氣不大好，不曾清理他的東西。三天後出了太陽，他把那行李箱打開時，我看到他有兩本厚厚的書，字那麼細小，書卻那麼厚實，我竟嚇了一跳。他見我為那兩本書發呆，就說：「小師爺，這是寶貝，天下甚麼都寫在上面，你想知道的各樣問題，全部寫得有條有理。」

這樣說來更使我敬畏了。我用手摸摸那書面，恰恰看到書脊上兩個金字，我說：「《辭源》[3]，《辭源》。」

「正是《辭源》。你且問我不拘一樣甚麼古怪的東西，我立刻替你找出。」

我想了想，一眼望到戲樓下諸葛亮三氣周瑜的浮雕木刻，我就說：「諸葛孔明臥龍先生怎麼樣？」他即刻低下頭去，前面翻翻後面翻翻，一會兒就被他翻出來了。到後另外又翻了一件別的東西。我快樂極了。他看我自己動手亂翻亂看，恐怕我弄髒了他的書，就要我下樓去洗手再來看。我相信了他的話，洗過了手還亂翻了許久。

因為他見我對於他這一本寶書愛不釋手，就問我看過報沒有。我說：「老子從不看報，老子不想看甚麼報。」他卻從他那《辭源》上翻出「老子」一條來，我方知道老子就是太上老君，太上老君竟是真有的人物。我不再稱自己做「太上老君」，我們卻來討論報紙了。於是同另一個老書記約

_____

③ 《辭源》，一部語文性辭典，收錄內容為 1840 年之前的古代漢語詞彙，以及各種人名、地名、典故、名物等，可謂包羅萬象。

好，三人各出四毛錢，訂一份《申報》④來看。報紙買成郵花⑤寄往上海後，報還不曾寄來，我就彷彿看了報，且相信他的話，報紙是了不得的東西，我且儼然就從報紙上學會許多事情了。這報紙一共定了兩個月，我似乎從那上面認識了好些生字。

這祕書雖把我當個朋友看待，可是我每天想翻翻他那本寶書可不成。他把書好好放在箱子裏，他對這書顯然也不輕視的。既不能成天翻那寶書，我還是只能看看《秋水軒尺牘》⑥，或從副官長處一本一本地把《西遊記》借來看看。辦完公事不即離開白木桌邊時，從窗口望去正對着戲台，我就用公文紙頭描畫戲台前面的浮雕。我的一部分時間，跟這人談話，聽他說下江各樣東西；大部分時間，還是到外邊無限制地玩。但我夢裏卻常常偷翻他那寶書，事實上也間或有機會翻翻那寶書。氫氣是甚麼，《淮南子》⑦是甚麼，參議院是甚麼，就多半從那本書上知道的。

駐紮到這裏來名為清鄉，實際上便是就食。從湘西方面軍隊看來，過沅州清鄉，比較據有其他防地佔了不少優

名家散文必讀系列・沈從文

---

④ 《申報》，近代中國發行時間最久、社會影響最廣泛的報紙，是中國現代報紙的開端和標誌。

⑤ 郵花，方言詞，即郵票。

⑥ 《秋水軒尺牘》，清代許葭村所作，是清代最著名的三本尺牘之一。尺牘，即書信。

⑦ 《淮南子》，西漢淮南王劉安主持撰寫的一部著作。該書在繼承先秦道家思想的基礎上，綜合了諸子百家學說中的精華部分。

勢，當時靖國聯軍第二軍實力尚厚，故我們部隊能夠得到這片土地。為時不久，靖國聯軍一軍隊伍節制權由田應詔轉給了他的團長陳渠珍後，一二軍的勢力有了消長。二軍雜色軍隊過多，無力團結，一軍力圖自強，日有振作。做民政長兼二軍司令的張學濟，在財政與軍事兩方面，支配處置都發生了困難，第一支隊⑧清鄉除殺人外既毫無其他成績，軍譽又極壞，因此防地發生了動搖。當一軍陳部從麻陽開過，本部感受壓迫時，既無法抵抗，我們便在一種極其匆忙中退向下游。於是仍然是開拔，用棕衣包裹雙腳，在雪地裏跋涉，又是小小的船浮滿了一河。五天後我又到辰州了。

軍隊防區既有了變化，雜牌軍隊有退出湘西的模樣，二軍全部皆用「援川」名義，開過川東去就食。我年齡由他們看來，似乎還太小了點，就命令我同一個老年副官長、一個跛腳副官、一個吃大煙的書記官，連同二十名老弱兵士，留在後方的留守部。

軍隊開走後，我除了每三天謄寫一份報告，以及在月底造一留守處領餉清冊呈報外，別的便無事可做。街市自從二軍開拔後，似乎也清靜多了。我每天仍然常常到那賣湯圓處去坐坐，間或又到一軍學兵營看學兵下操，或聽副官長吩咐，與一個兵士為他過城外水塘邊去釣蛤蟆，把那小生物弄回部裏給他下酒。

---

⑧ 第一支隊，即沈從文參加的靖國聯軍第二軍游擊第一支隊，駐地在辰州。

常 德

　　本文亦為《從文自傳》中的一篇。因為各種湊巧，沈從文
曾在常德流連了一段時日。此文就記述了他在常德的所見所聞。
在一條河街上消耗掉整日光陰，到河邊看來往船隻，看人如何生
活，如何快樂、發愁，繼續讀生活這本「大書」，又成為這個少年
這段日子的生活內容。沈從文的學生汪曾祺後來說：沈從文二十
歲之前生活在一條河邊，二十歲之後則生活在對這條河的回憶
裏。本文可以說正是這種說法一個很好的註腳。

　　作者對街景的描繪很有特點。首先體現了一種兒童視角，細
看描寫麻陽街那一段，看見等待剃頭的客人，作者注意到其腦袋
的「大而圓」，且「帶了三分呆氣」，這是一雙充滿童趣的眼睛才
會有的發現。其次是對街巷瑣事的描摹並不讓人覺得市儈庸俗，
那些紅冠公雞打架，婦女用菜刀在木板上一邊砍、一邊罵偷雞人
的鏡頭，與周遭環境相當協調，日常的喧嘩中溢出的是一股特殊
的寧靜氣息和蓬勃的生命的律動。

　　沈從文那種牢固的鄉土情結也在本文中展露無遺。「讀書人」
與「兵士」兩種身份並存在他身上，而內心深處，沈從文卻對所
謂「下等人」有更深的認同。理由很簡單，他們更具備「人的成
分」：這是沈從文最珍視的品質，也是他用來抵禦那個所謂「文明
世界」無節制入侵的精神堡壘。

　　我本預備到北京的，但去不成。我本想走得越遠越好，正以為我必得走到一個使人忘卻了我的存在、種種過失，也使自己忘卻了自己種種痴處、蠢處的地方，方能夠再活下去。可是一到常德後，便有個人①把我留下了。

　　到常德後一時甚麼事也不能做，只住在每天連伙食共需三毛六分錢的小客棧裏打發日子，因此最多的去處還依然同上午在辰州軍隊裏一樣，一條河街佔去了我大部分生活。辰州河街不過幾家做船上人買賣的小茶館，同幾家與船上人做交易的雜貨鋪，常德的河街可不同多了。這是一條長約兩里的河街，有客棧，有花紗行，有油行，有賣船上鐵錨、鐵鏈的大鋪子，有稅局，有各種會館與行莊。這河街既那麼長又那麼複雜，長年且因為被城中人擔水把地面弄得透濕的。我每天來回走個一回兩回，又在任何一處隨意蹲下，欣賞當時那些眼前發生的新事，以及照例存在的一切，日子很快地也就又夜下來了。

　　那河街既那麼長，我最中意的是名為麻陽街的一段。那裏一面是城牆，一面是臨河而起的一排陋隘逼窄的小屋。有煙館同麵館，有賣繩纜的鋪子，有雜貨字號，有屠戶，有鑄鐵錨與琢硬木活車以及販賣小船上應用器具的小鋪子。又有小小理髮館，走路的人從街上過身時，總常常可見到一些大而圓的腦袋，帶了三分呆氣在那裏讓剃頭師傅用刀刮頭，或

①　此人指沈從文的表兄黃玉書，沈從文大舅的兒子。

偏了頭擱在一條大腿上，在那裏向陽取耳[2]。有幾家專門供船上划船人開心的妓院，常常可以見到三五個大腳女人，身穿藍色印花洋布衣服，紅花洋布袴子，粉臉油頭，鼻樑根扯得通紅，坐在門前長凳上剝朝陽花子，見有人過路時就迷笑迷笑，且輕輕地用麻陽人腔調唱歌。這一條街上齷齪不過，一年總是濕漉漉的不好走路，且一年四季總不免有種古怪氣味。河中還泊滿了住家的小船，以及從辰河上游洪江一帶裝運桐油牛皮的大船。上游某一幫船隻攏岸時，這河街上各處都是水手，只看到這些水手手裏提了乾魚，或扛了大南瓜，到處走動，各人皆忙匆匆地把從上游本鄉帶來的禮物送給親戚朋友。這街上又有些從河街小屋子裏與河船上長大的小孩子，大白天三三五五捧了紅冠公雞，身前身後跟了一隻肥狗，街頭街尾各處找尋別的公雞打架。一見了甚麼人家的公雞時，就把懷裏的雞遠遠拋去，各佔據着那堆積在城牆腳下的木料下觀戰。自己公雞戰敗時，就走攏去踢別的公雞一腳出氣。或者因點別的甚麼事，同夥兩人互罵了一句娘，看看誰也不能輸那一口氣，就在街中很勇敢地揪打起來，纏成一團揉到爛泥裏去。

那街上賣糕的必敲竹梆，賣糖的必打小銅鑼，這些人在引起別人注意方法上，皆知道在過街時口中唱出一種放蕩的調子，同女人身體某一些部分相關。街上又常常有婦女坐在門前矮凳上大哭亂罵，或者用一把菜刀，在一塊木板上

② 取耳，此處指挖耳朵，挖耳屎。

一面砍一面罵那把雞偷去宰吃了的人。那街上且常常可以看到穿了青羽緞馬褂，新漿洗過藍布長衫的船老闆，帶了很多禮物來送熟人。街頭中又常常有唱木頭人戲的，當街靠城架了場面，在一種奇妙處置下，「噹噹噹噹蓬蓬噹」地響起鑼鼓來，許多人便張大了嘴看那個傀儡戲，到收錢時卻一哄而散。

那街上有個茶館，一面臨街，一面臨河，旁邊甬道下去就是河碼頭，從各小船上岸的人多從這甬道上下，因此來去的人也極多。船上到夜來各處全是燈，河中心有許多小船各處搖去，弄船人拖出長長的聲音賣燒酒同豬蹄子粉條。我想像那個粉條一定不壞，很願意有一個機會到那小船上去吃點甚麼，喝點甚麼，但當然辦不到。

我到這街上來來去去，看這些人如何生活，如何快樂又如何憂愁，我也就彷彿同樣得到了一點生活意義。

我又間或跑向輪船碼頭去看那些從長沙從漢口來的小輪船，在躉船③一角怯怯地站住，看那些學生模樣的青年和體面女人上下船，看那些人的樣子，也看那些人的行李。間或發現了一個人的皮箱上貼了許多上海、北京各地旅館的標誌，我總悄悄地走過去好好地研究它一番，估計這人究竟從那兒來。內河小輪船剛一抵岸，在我這鄉巴老的眼下實在是一個奇觀。

---

③　躉（dǔn）船，無動力裝置的矩形平底船，固定在岸邊、碼頭，以供船舶停靠，上下旅客，裝卸貨物。

我間或又爬上城去，在那石頭城上兜一個圈子，一面散步，一面且居高臨下地欣賞那些傍了城牆腳邊住家的院子裏一切情形。在近北門一方面，地鄰小河，每天照例有不少染坊工人，擔了青布白布出城過空場上去曬晾，又有軍隊中人放馬，又可看到埋人，又可看鴨子同白鵝。一個人既然無事可做，因此到城頭看過了城外的一切，還覺得有點不足時，出城到那些大場裏去找染坊工人與馬夫談話，情形也就十分平常。我雖然已經好像一個讀書人了，可是事實上一切精神卻更近於一個兵士，到他們身邊時，我們談到的問題，實在就比我到一個學生身邊時可談的更多。就現在說來，我同任何一個下等人就似乎有很多方面的話可談，他們那點感想、那點觀念，也大多數同我一樣，皆從實生活取證來的。可是若同一個大學教授談話，他除了說從書本上學來的那一套心得以外，就是說從報紙上學來的他那一份感想，對於一個人的成分，總似乎缺少一點甚麼似的。可說的也就很少很少了。

　　我有時還跟隨一隊埋人的行列，走到葬地去，看他們下葬時所用的一些手續與我那地方的習俗如何不同。

　　另外那件使我離開原來環境逃亡的事，我當然沒有忘記，我寫了些充滿懺悔與自責的書信回去，請求母親的原恕，母親知道我並不自殺，於是來信說：「已經做過了的錯事，沒有不可原恕的道理。你自己好好地做事，我們就放心了。」接到這些信時，我便悄悄到城牆上去哭。因為我想像得出，這些信由母親口說姊姊寫到紙上時，兩人的眼淚一定是掛在臉上的。

　　我那時也同時聽到了一個消息，就是那白臉孩子的姊姊[4]，下行讀書，在船上卻被土匪搶入山中做壓寨夫人去了。得到這消息後，我便在那小客店的牆壁上寫下兩句別人的詩，抒寫自己的感慨：「佳人已屬沙吒利，義士今無古押衙。」[5]義士雖無古押衙，其實過不久這女孩就從土匪中花了一筆很可觀的數目贖了出來，隨即同一個黔軍團長結了婚。但團長不久又被槍斃，這女人便進到沅州本地的天主堂做洋尼姑去了。

　　我當然書也不讀，字也不寫，詩也無心再作了。

　　那時我的所以留在常德不動，就因為上游九十里的桃源縣，有一個清鄉指揮部，屬於我本地軍隊，這軍隊也就是當年的靖國聯軍第一軍的一部分。那指揮官節制了三個支隊，本人雖是個貴州人，所有高級官佐[6]卻大半是我的同鄉。朋友介紹我到那邊去，以為做事當然很容易。那時節何鍵正做騎兵團長，歸省政府直轄，賀龍做支隊司令，歸清鄉指揮統轄，部隊全駐防桃源縣。我得到了介紹信之後，就拿了去會賀龍，又去晉謁熟人，向清鄉指揮部謀差事。可是兩處

---

[4]　這個女孩子曾在沈從文自傳中的《女難》一篇有提及，沈從文曾經愛慕過她。

[5]　此兩句詩為宋王詵所作。第一句詩的典故見唐許堯佐《柳氏傳》，講的是唐韓翃的寵妾柳氏被蕃將沙吒利所奪，後得虞侯許俊的幫助，與韓翃復合。第二句詩的典故見唐薛調《無雙傳》，講的是王仙客與其青梅竹馬的表妹無雙被迫分離。後義士古押衙助其二人復合。這句詩都代指佳人被人奪去之苦。

[6]　官佐，官員。

雖有熟人卻毫無結果。書記差遣一類事情既不能做，我願意當兵，大家又總以為我不能當兵。不過事情雖無結果，熟人在桃源的既很多，我卻可以常常坐小輪船過桃源來玩了。那時有個表弟正從上面委派下來做譯電，我一到桃源時，就住在他那裏，兩人一出外還仍然是到河邊看來往船隻。我離開那個清鄉軍隊已兩年，再看看這個清鄉軍隊，一切可完全變了。槍械、紀律，完全不同過去那麼馬虎，每個兵士都彷彿十分自重，每個軍官皆服裝整齊、凸着胸脯在街上走路，平時無事，兵士全不能外出，職員們辦公休息各有定時；軍隊印象使我十分感動。

那指揮官雖自行伍出身，一派文雅的風度，卻使人看不出他的本來面目，筆下既異常敏捷，做事又富有經驗，好些日子聽別人說到他時就使我十分傾心。因此我那時就只想：若能夠在他那兒當一名差弁⑦，也許比做別的事更有意思。可是我盡這樣在心中打算了很久，卻終不能得到一個方便機會。

⑦　差弁（biàn），指底層服務人員。弁，舊時稱低級武職。

河街想像

　　本文出自沈從文的家書《湘行書簡》，是 1934 年初沈從文返回湘西的途中寫給夫人張兆和的信。這一年的返鄉，在沈從文的寫作生涯中可以說是個重要事件，包括《湘行書簡》、《邊城》、《湘行散記》等在內的重要作品都是在此前後完成的。

　　張兆和在家中四姐妹中排行老三，沈從文在諸兄弟中排行第二，因此信中的「三三」是對張兆和的稱呼，「二哥」是沈從文的自稱。多虧了「二哥」寫給「三三」的這些信留傳了下來，讓我們能夠幸運地讀到當年三三的「專利讀物」，了解那個久別的遊子急於向愛人講述家鄉一切美麗之處的心情，看到他說話口吻的真摯與觀察角度的別緻。

　　此信寫法很是奇特。本來是要描繪舟行水上的見聞，但這時小船停泊在岸邊，作者也因下雨無法上街，但他卻能自信滿滿地宣佈對岸上情形「猜得毫不錯誤」。因為對岸上的吊腳樓世界太熟悉了，因此就算閉上眼睛也能畫得出來。吊腳樓是湘西一種沿水而建的民居，河街人物也是沈從文創作生涯中寫不厭的對象。這些人單純得簡直使作者憂鬱：為他們不可知的前途，為水晶般透明的人格遇到鋼鐵樣無情的歷史而備感憂鬱。很特別的是，信的結尾寫到了小孩子起頭的歌聲，沒去過湘西的人或許無從想像這種歌聲的「特別嬌，特別美」之處究竟在哪兒。作者的文字很多時候都可看作配樂詩朗誦，在文字表達中加入聲音元素，可以說是沈從文散文的獨特開掘。

三三：

　　我的心不安定，故想照我預定計劃把信寫得好些也辦不到。若是我們兩個人同在這樣一隻小船上，我一定可以作許多好詩了。

　　我們的小船已停泊在兩隻船旁邊，上個小石灘就是我最歡喜的吊腳樓河街了。可惜雨還不停，我也就無法上街玩玩了。但這種河街我卻能想像得出。有屠戶，有油鹽店，還有婦人提起烘籠烤手，見生人上街就悄悄說話。街上出錢紙，就是用作燒化的，這種紙既出在這地方，賣紙鋪子也一定很多。街上還有個小衙門，插了白旗，署明保衛團第幾隊，做團總的必定是個穿青羽綾馬褂的人。這種河街我見得太多了，它告我許多知識，我大部提到水上的文章，是從河街認識人物的。我愛這種地方、這些人物。他們生活的單純，使我永遠有點憂鬱。我同他們那麼「熟」——一個中國人對他們發生特別興味，我以為我可以算第一位！但同時我又與他們那麼「陌生」，永遠無法同他們過日子，真古怪！我多愛他們，「五四」以來用他們作對象我還是唯一的一人！

　　我泊船的上面就恰恰是《柏子》[1] 文章上提到的東西，我還可以看到那些大腳婦人從窗口喊船上人。我猜想得出她們如何過日子，我猜得毫不錯誤。

四點

---

① 《柏子》，沈從文早期小說中較為精短的一篇。講述了一個名叫柏子的水手與辰河岸邊一個婦人之間的男女歡愛的故事。

　　我吃過晚飯了，豆腐乾炒肉，臘肝，吃完事後，又煮兩個雞蛋。我不敢多吃飯，因為飯太硬了些，不能消化。我擔心在船上拖瘦，回到家裏不好看，但照這樣下去卻非瘦不可的。我想喝點湯就辦不到。想吃點青菜也辦不到。想弄點甜東西也辦不到。水果中在常德時我買的有梨子同金錢橘，但無用處，這些東西皆不宜於冬天在船上吃……如今既無熱水瓶，又無點心，可真只有硬捱[2]了。

　　又聽到極好的歌聲了，真美。這次是小孩子帶頭的，特別嬌，特別美。你若聽到，一輩子也忘不了的。簡直是詩。簡直是最悅耳的音樂。二哥蠢人，可惜畫不出也寫不出。

　　三三，在這條河上最多的是歌聲，麻陽人好像完全是吃歌聲長大的。我希望下行時坐的是一條較大的船，在船上可以把這歌學會。

十四日下午五點十分

---

② 　捱（ái），同「挨」。

夜泊鴨窠圍

◖ 導讀

　　本文亦出自沈從文的家書《湘行書簡》。這又是一篇由聲音構築的文章。細心的讀者不難注意到信的寫作時間是「六點五十分」到「八點五十分」，冬天的此刻，天早就黑了，在這樣一個大風的冬夜，漆黑的深潭邊，作者又該如何為三三報告眼前的景色？

　　作者於是着意呈現一種安靜中的喧鬧。各種聲音相繼響起：小羊叫、婦女銳聲喊「二老」與「小牛子」的聲音、鞭炮聲、小鑼聲、説話聲、歌聲……在尋常的耳朵聽來，這些聲音實在太普通了，但作者的聽力卻讓人欽佩：他能從一隻羊叫中，聽出河對岸還有一隻羊在應和着叫喚；即便只是一首小曲，他也能辨出歌者的年紀；從一句道別中能猜到雙方的身份。從聲音中聽出故事，這是小説家沈從文的獨到本領。他説此趟返鄉收穫多多，定能「寫出很多動人的文章」，這絕不是講給「三三」聽的自誇之辭，而是他在底層漂泊多年後，養成了精準的閱世眼光與越漸深邃的理解力，當與故鄉人事再次碰撞時爆發出的創作慾與自信。作者形容此刻的心理，反覆用到「感動」、「暖和」、「柔軟」等詞，似乎顯得太善感了些，但如果明白這是個在黑暗中單憑一支曲便能把唱曲者的命運和心情琢磨個八九不離十的大作家，也就不會對他的這番一往情深感到奇怪了吧。

文中還穿插着作者對十多年前往事的追憶。作者曾在這條河中度過了最美麗的年月，如今再次回到這條河裏，恐怕很難再找出第二個人，能夠把河與人的關係寫得如此深切動人。而那番少年面對毫無把握的前途時迷茫卻又不失希望的生命氣息，也讓人印象深刻。

十六日下午六點五十分

　　我小船停了，停到鴨窠圍中時候寫信提到的「小阜平岡」應當名為「洞庭溪」。鴨窠圍是個深潭，兩山翠色逼人，恰如我寫到翠翠[①]的家鄉。吊腳樓尤其使人驚訝，高矗兩岸，真是奇跡。兩山深翠，唯吊腳樓屋瓦為白色，河中長潭則灣泊木筏廿[②]來個，顏色淺黃。地方有小羊叫，有婦女銳聲喊「二老」、「小牛子」，且聽到遠處有鞭炮聲與小鑼聲。到這樣的地方，使人太感動了。四丫頭若見到一次，一生也忘不了。你若見到一次，你飯也不想吃了。

　　我這時已吃過了晚飯，點了兩支蠟燭給你寫報告。我吃了太多的魚肉。還不停泊時，我們買魚，九角錢買了一尾重六斤十兩的魚，還是頂小的！樣子同飛艇一樣，煮了四分之一，我又吃四分之一的四分之一，已吃得飽飽的了。我生平還不曾吃過那麼新鮮、那麼嫩的魚，我並且第一次把魚吃個飽。味道比鰣魚還美，比豆腐還嫩，古怪的東西！我似乎吃得太多了點，還不知道怎麼辦。

　　可惜天氣太冷了，船停泊時我總無法上岸去看看。我歡喜那些在半天上的樓房。這裏木料不值錢，水漲落時距離又

① 翠翠，沈從文著名小說《邊城》中的女主人公。《邊城》是沈從文最知名的小說，以描寫湘西美麗的風景和湘西人純真的情感而受到廣泛稱譽。

② 廿（niàn），二十。

太大，故樓房無不離岸卅③丈以上，從河邊望去，使人神往之至。我還聽到了唱小曲聲音，我估計得出，那些聲音同燈光所在處，不是木筏上的簰頭④在取樂，就是有副爺⑤們船主在喝酒。婦人手上必定還戴得有鍍金戒子。多動人的畫圖！提到這些時我是很憂鬱的，因為我認識他們的哀樂，看他們也依然在那裏把每個日子打發下去，我不知道怎麼樣總有點憂鬱。正同讀一篇描寫西伯利亞方面農人的作品一樣，看到那些文章，使人引起無言的哀戚。我如今不止看到這些人生活的表面，還用過去一份經驗接觸這種人的靈魂。真是可哀的事！我想我寫到這些人生活的作品，還應當更多一些！我這次旅行，所得的很不少。從這次旅行上，我一定還可以寫出很多動人的文章！

三三，木筏上火光真不可不看。這裏河面已不很寬，加之兩面山岸很高（比嶗山高得遠），夜又靜了，說話皆可聽到。羊還在叫。我不知怎麼的，心這時特別柔和。我悲傷得很。遠處狗又在叫了，且有人說「再來，過了年再來！」一定是在送客，一定是那些吊腳樓人家送水手下河。

風大得很，我手腳皆冷透了，我的心卻很暖和。但我不明白為甚麼原因，心裏總柔軟得很。我要傍近你，方不至於難過。我彷彿還是十多年前的我，孤孤單單，一身以外別無長物，搭坐一隻裝載軍服的船隻上行，對於自己前途毫無把

---

③ 卅（sà），三十。

④ 簰（pái）頭，即「排頭」。指站在隊伍最前面的人。

⑤ 副爺，將領的屬僚，官階較低的武官。

握，我希望的只是一個四元一月的錄事職務，但別人不讓我有這種機會。我想看點書，身邊無一本書。想上岸，又無一個錢。到了岸必須上岸去玩玩時，就只好穿了別人的軍服，空手上岸去，看看街上一切，欣賞一下那些小街上的片糖，以及一個銅元一大堆的花生。燈光下坐着扯得眉毛極細的婦人。回船時，就糊糊塗塗在岸邊爛泥裏亂走，且沿了別人的船邊「陽橋」渡過自己船上去，兩腳全是泥，剛一落艙還不及脫鞋，就被船主大喊：「夥計副爺們，脫鞋呀。」到了船上後，無事可做，夜又太長，水手們愛玩牌的，皆蹲坐在艙板上小油燈下玩牌，便也鑲攏⑥去看他們。這就是我，這就是我！三三，一個人一生最美麗的日子，十五歲到廿歲，便恰好全是在那麼情形中過去了，你想想看，是怎麼活下來的！萬想不到的是，今天我又居然到這條河裏，這樣小船上，來回想温習一切的過去！更想不到的是，我今天卻在這樣小船上，想着遠遠的一個温和美麗的臉兒，且這個黑臉的人兒，在另一處又如何懸念着我！我的命運真太可玩味了。

我問過了划船的，若順風，明天我們可以到辰州了。我希望順風。船若到得早，我就當晚在辰州把應做的事做完，後天就可以再坐船上行。我還得到辰州問問，是不是雲六⑦已下了辰。若他在辰州，我上行也方便多了。

現在已八點半了，各處還可聽到人說話，這河中好像

---

⑥　鑲攏，此處指圍上去的意思。

⑦　雲六，即作者的大哥沈雲六。

熱鬧得很。我還聽到遠遠的有鼓聲，也許是人還願。風很猛，船中也冰冷的。但一個人心中倘若有個愛人，心中暖得很，全身就凍得結冰也不礙事的！這風吹得厲害，明天恐要大雪。羊還在叫，我覺得希奇，好好地一聽，原來對河也有一隻羊叫着，牠們是相互應和叫着的。我還聽到唱曲子的聲音，一個年紀極輕的女子喉嚨，使我感動得很。我極力想去聽明白那個曲子，卻始終聽不明白。我懂許多曲子。想起這些人的哀樂，我有點憂鬱。因這曲子我還記起了我獨自到錦州，住在一個旅館中的情形，在那旅館中我聽到一個女人唱大鼓書，給趕驟車的客人過夜，唱了半夜。我一個人便躺在一個大炕上聽窗外唱曲子的聲音，同別人笑語聲。這也是二哥！那時節你大概在暨南[8]讀書，每天早上還得起牀來做晨操！命運真使人惘然。愛我，因為只有你使我能夠快樂！

二哥

我想睡了。希望你也睡得好。

十六日下午八點五十分

---

[8]　暨南，這裏指暨南大學女子部（中學），校址在南京。

灘上掙扎

導讀

　　本文亦出自沈從文的家書《湘行書簡》。這封信是作者乘坐的小船在白浪裏鑽過險灘時寫的，連「紙上也全是水」。我們不僅讀到了這一天小船歷險的紀實，還能看到作者如何由眼前的河聯想到自己的創作，以及對都市與鄉村文明的看法，內容可謂十分豐富。

　　「河」對於沈從文來說意義非凡，他不止一次宣稱：是一條河教給了他怎樣用筆。作者經歷了「長長的思索」，方才理解透了河與河上人的生命形態，進而體悟到生命的本質。河在他的筆下千形萬狀，此篇中河水還被他稱作「海水」；明明是水，卻被形容成有「一股火樣子」。這一天的經歷實在太嚇人了，甚至差點淹壞了一個小水手，但就是面對這樣一條河，沈從文卻沒有過多地怨天尤人。除了嗔怪了幾句河水太任性外，作者把目光轉向了水手們的生命形態。無論是那個被從水中救起後呵呵大哭的小水手，還是那個愛罵野話、愛唱歌、獨自一人在石灘上拉船的能幹水手，其中質樸天成的人生滋味，讓作者和讀者都「感動得要命」，這也正是作者所推崇的生命之「可敬可愛處」。這樣的生命，讓「城裏人」用教養、地位、禮貌等構築的都市文明相形見絀；也只有在這樣的內地生活過，才能明白何為真正的創作。

　　作者不惜把所有的讚美都留給他故鄉的河，這不僅是一種思鄉情感，而且是一個「邊城」的傑出敘述者發表的關於地域與寫作關係的宣言。

我不説除了掉筆以外還掉了一支……嗎？我知道你算得出那是一支牙骨筷子的。我真不快樂，因為這東西總不能單獨一支到北平的。我很抱歉。可是，你放心，我早就疑心這筷子即或有機會掉到河中去，它若有小小知覺，就一定不願意獨自落水。事不出我所料，在艙底下我又發現它了。

今天我小船上的灘可特別多，河中幸好有風，但每到一個灘上，總仍然很費事。我伏臥在前艙口看他們下篙，聽他們罵野話。現在已十二點四十分，從八點開始只走了卅多里，還欠七十里，這七十里中還有兩個大灘，一個長灘，看情形又不會到地的。這條河水坐船真折磨人，最好用它來作性急人犯罪以後的處罰。我希望這五點鐘內可以到白溶下面泊船，那麼明天上午就可到辰州了。這時船又在上一個灘，船身全是側的，浪頭大有從前艙進自後艙出的神氣，水流太急，船到了上面又復溜下，你若到了這些地方，你只好把眼睛緊緊閉着。這還不算大灘，大灘更嚇人！海水又大又深，但並不嚇人，彷彿很溫和。這裏河水可同一股火樣子，太熱情了一點。好像只想把人攫[①]走，且好像完全憑自己意見做去。但古怪，卻是這些弄船人。他們逃避急流同漩水的方法可太妙了，不管甚麼情形，他們總有辦法避去危險。到不得已時得往浪裏鑽，今天已鑽三回，可是又必有方法從浪裏找出路。他們逃避水的方法，比你當年避我似乎還高明。他們明白水，且得靠水為生，卻不讓水把他們攫去。他們比我們

---

① 攫（jué），抓、奪。

平常人更懂得水的可怕處，卻從不疏忽對於水的注意。你實在還應當跟水手學兩年，你到之江避暑，也就一定有更多情書可看了。

……

我離開北京時，還計劃到，每天用半個日子寫信，用半個日子寫文章。誰知到了這小船上，卻只想為你寫信，別的事全不能做。從這裏看來，我就明白沒有你，一切文章是不會產生的。先前不同你在一塊兒時，因為想起你，文章也可以寫得很纏綿、很動人。到了你過青島後，卻因為有了你，文章也更好了。但一離開你，可不成了。倘若要我一個人去生活，做甚麼皆無趣味、無意思。我簡直已不像個能夠獨立生活下去的人。你已變成我的一部分，屬於血肉、精神一部分。我人並不聰明，一切事情得經過一度長長的思索，寫文章如此，愛人也如此，理解人的好處也如此。

你不是要我寫信告爸爸嗎？我在常德寫了個信，還不完事，又因為給你寫信把那信擱下不寫了。我預備到辰州寫，辰州忙不過來，我預備到本鄉寫。我還希望在本鄉為他找得出點禮物送他。不管是甚麼小玩意兒，只要可能，還應當送大姐點。大姐對我們好處我明白，二姐的好處被你一說也明白了。我希望在家中還可以為她們兩人寫個信去。

三三，又上了個灘。不幸得很……差點淹壞了一個小孩子，經驗太少，力量不夠，下篙不穩，結果一下子為篙子彈到水中去了。幸好一個年長水手把他從水中拉起，船也側着進了不少的水。小孩子被人從水中拉起來後，抱着桅子呵呵的哭，看到他那樣子真有使人說不出的同情。這小孩就是

我上次提到一毛錢一天的候補水手。

這時已兩點四十五分，我的小船在一個灘上掙扎，一連上了五次皆被急流沖下，船頭全是水，只好過河從另一方拉上去。船過河時，從白浪裏鑽過，篷上也沾了浪。但不要為我着急，船到這時業已安全過了河。最危險時是我用「〰」號時，紙上也全是水，皮袍也全弄糟了。這時船已泊在灘下等待力量的恢復，再向白浪裏弄去。

這灘太費事了，現在我小船還不能上去。另外一隻大船上了將近一點鐘，還在急流中努力，毫無辦法。風篷、縴手、篙子，全無用處。拉船的在石灘上皆伏爬着，手足並用地一寸一寸向前。但仍無辦法。灘水太急，我的小船還不知如何方能上去。這時水手正在烤火說笑話，輪到他們出力時，他們不會吝惜氣力的。

三三，看到吊腳樓時，我覺得你不同我在一塊兒上行很可惜，但一到上灘，我卻以為你幸好不同來，因為你若看到這種灘水，如何發吼，如何奔馳，你恐怕在小船上真受不了。我現在方明白住在湘西上游的人，出門、回家家中人敬神的理由。從那麼一大堆灘裏上行，所依賴的固然是船夫，船夫的一切，可真靠天了。

我寫到這裏時，灘聲正在我耳邊吼着，耳朵也發木。時間已到三點，這船還只有兩個鐘頭可走，照這樣延長下去，明天也許必須晚上方可到地。若真得晚上到辰州，我的事情又誤了一天，你說，這怎麼成。

小船已上灘了，平安無事，費時間約廿五分。上了灘問問那落水小水手，方知道這灘名「罵娘灘」（說野話的

灘），難怪船上去得那麼費事。再過廿分鐘我的小船又得上個名為「白溶」的灘，全是白浪，吉人天相，一定不有甚麼難處。今天的小船全是上灘，上了白溶也許天就夜了，則明天還得上九溪同橫石。橫石灘任何船隻皆得進點水，劣得真有個樣子。我小船有四妹的相片，也許不至於進水。說到四妹的相片，本來我想讓它凡事見識見識，故總把它放在外邊……可是剛才差點它也落水了，故現在已把它收到箱子裏了。

小船這時雖上了最困難的一段，還有長長的急流得拉上去。眼看到那個能幹水手一個人爬在河邊石灘上一步一步地走，心裏很覺得悲哀。這人在船上弄船時，便時時刻刻罵野話，動了風，用不着他做事時，就摹仿麻陽人唱櫓歌，風大了些，又摹仿麻陽人打呵賀，大聲地說：

「要來就快來，莫在後面捱，呵賀 —— 」

「風快發，風快發，吹得滿江起白花，呵賀 —— 」

他一切得摹仿，就因為桃源人弄小船的連唱歌喊口號也不會！這人也有不高興時節，且可以說時時刻刻皆不高興，除了罵野話以外，就唱：

「過了一天又一天，心中好似滾油煎。」

心中煎熬些甚麼不得而知，但工作折磨到他，實在是很可憐的。這人曾當過兵，今年[2]還在沅州方面打過四回仗，不久逃回來的。據他自己說，則為人也有些胡來亂為。他還

② 今年，指 1933 年。

當過兩年兵，明白一切作兵士的規矩。身體結實如二小的哥哥，性情則天真樸質。每次看到他，總很高興地笑着。即或在罵野話，問他為甚麼得罵野話，就說：「船上人作興這樣子！」便是那小水手從水中爬起以後，一面哭一面也依然在罵野話的。看到他們，我總感動得要命。我們在大城裏住，遇到的人即或有學問、有知識、有禮貌、有地位，不知怎麼的，總好像這人缺少了點成為一個人的東西。真正缺少了些甚麼又說不出。但看看這些人，就明白城裏人實實在在缺少了點人的味兒了。我現在正想起應當如何來寫個較長的作品，對於他們的做人可敬可愛處，也許讓人多知道些；對於他們悲慘處，也許在另一時多有些人來注意。但這裏一般的生活皆差不多是這樣子，便反而使我們啞口了。

你不是很想讀些動人作品嗎？其實中國目前有甚麼作品值得一讀？作家從上海培養，實在是一種毫無希望的努力。你不怕山險水險，將來總得來內地看看，你所看到的也許比一生所讀過的書還好。同時你想寫小說，從任何書本去學習，也許還不如你從旅行生活中那麼看一次，所得的益處還多得多！

我總那麼想，一條河對於人太有用處了。人笨，在創作上是毫無希望可言的。海雖儼然很大，給人的幻想也寬，但那種無變化的龐大，對於一個作家靈魂的陶冶無多益處可言。黃河則沿河都市人口不相稱，地寬人少，也不能教訓我們甚麼；長江還好，但到了下游，對於人的興感也彷彿無甚麼特殊處。我讚美我這故鄉的河，正因為它同都市相隔絕，一切極樸野，一切不普遍化，生活形式、生活態度皆有點原

人意味，對於一個作者的教訓太好了。我倘若還有甚麼成就，我常想，教給我思索人生，教給我體念人生，教給我智慧同品德，不是某一個人，卻實實在在是這一條河。

我希望到了明年，我們還可以得到一種機會，一同坐一次船，證實我這句話。

……

我這時耳朵熱着，也許你們在説我甚麼的。我看看時間，正下午四點五十分。你一個人在家中已夠苦的了，你還得當家，還得照料其他兩個人，又還得款待一個客人，又還得為我做事。你可以玩時應得玩玩。我知道你不放心……我還知道你不願意我上岸時太不好看，還知道你願意我到家時顯得年輕點，我的刮臉刀總擺在箱子裏最當眼處。一萬個放心……若成天只想着我，讓兩個小妮子得到許多取笑你的機會，這可不成的。

我今天已經寫了一整天了，我還想寫下去。這樣一大堆信寄到你身邊時，你怎麼辦？你事忙，看信的時間恐怕也不多，我明天的信也許得先寫點提要……

這次坐船時間太久，也是信多的原因。我到了家中時，也就是你收到這一大批信件時。你收到這信後，似乎還可發出三兩個快信，寫明「寄常德傑雲旅館曾芹軒代收存轉沈從文親啟」。我到了常德，無論如何必到那旅館看看。

我這時有點發愁，就是到了家中，家中不許我住得太短。我也願意多住些日子，但事情在身上，我總不好意思把一月期限超過三天以上。一面是那麼非走不可，一面又非留不可，就輪到我為難時節了。我倒想不出個甚麼辦法，使家

中人催促我早走些。也許同大哥故意吵一架，你說好不好？地方人事雜，也不宜久住！

　　小船又上灘了，時間已五點廿分。這灘不很長，但也得濕濕衣服被蓋。我只用你保護到我的心，身體在任何危險情形中，原本是不足懼的。你真使我在許多方面勇敢多了。

二哥

橫石和九溪

● 導讀

本文亦出自沈從文的家書《湘行書簡》。這封同樣在白浪中寫成的書信，並非普通的家書，所謂「專利的痴話」實際上是袒露心靈的傑作，想像着遠方的「三三」就在眼前，沈從文毫無保留地揮灑着肺腑之言，呈現出一個最具個性的自我。

當寫到浦市風貌時，作者強調了此地的衰落與舊家風貌，我們在追隨作者行蹤了解湘西風物時，多注意到的是田園風光，往往會忽略了文字背後「無可奈何花落去」的傷感。而沈從文正是抱着這種心情來敍述眼前景致的，這一點在沈從文其他作品中也同樣有體現。

在信中，沈從文再次表達了對自己創作價值的自信，還列舉了自己滿意的十篇小說，這也為我們閱讀和了解沈從文作品的精髓提供了一把鑰匙。

那位長得像托爾斯泰、鬚髮皆白卻又偏偏活得一絲不苟的老水手，無疑又是一位讓人感動而難忘的人物。這個不過和河中二十萬拼命討生活的水手們一樣的底層人，卻深深觸動了沈從文思索民族未來的宏大主題。乍一讀來好像有點不好理解，但通觀《湘行書簡》，會發現作者正是抱着一種遠大的眼光和深沉的思考來凝視眼前的河與人的。正是在這位老水手身上，沈從文尋覓到了民族生命發光的希望，建構起了一種以凡人為基點的歷史觀念。

十八日上午九時

我七點前就醒了，可是卻在船上不起身。我不寫信，擔心這堆信你看不完。起來時船已開動，我洗過了臉，吃過了飯，就仍然做了一會兒痴事⋯⋯今天我小船無論如何也應當到一個大碼頭了。我有點慌張，只那麼一點點。我晚上也許就可以同三弟從電話中談話的。我一定想法同他們談話。我還得拍發給你的電報，且希望這電報送到家中時，你不至於吃驚，同時也不至於為難。你接到那電報時若在十九[1]，我的船必在從辰州到瀘溪路上，晚上可歇瀘溪。這地方不很使我高興，因為好些次數從這地方過身皆得不到好印象。風景不好，街道不好，水也不好。但廿日到的浦市，可是個大地方，數十年前極有名，在市鎮對河的一個大廟，比北平碧雲寺[2]還好看。地方山峯同人家皆雅致得很。那地方出肥人，出大豬，出紙，出鞭炮。造船廠規模很像個樣子。大油坊長年有油可打，打油人皆搖曳長歌，河岸曬油簍時必百千個排列成一片。河中且長年有大木筏停泊，有大而明黃的船隻停泊，這些大船船尾皆高到兩丈左右，渡船從下面過身時，仰頭看去，恰如一間大屋。那上面一定還用金漆寫得有一個「福」字或「順」字！

---

[1] 十九，指十九日，作者寫此文的第二天。

[2] 碧雲寺，位於北京香山公園北側，始建元代，至今已有 600 餘年的歷史。孫中山先生去世後，曾在此停過靈柩。

地方又出魚，魚行也大得很。但這個碼頭卻據說在數十年前更興旺，十幾年前我到那裏時已衰落了的。衰落的原因為的是河邊長了沙灘，不便停船，水道改了方向，商業也隨之而蕭條了。正因為那點「舊家子」的神氣，大屋、大廟、大船、大地方，商業卻已不相稱，故看起來尤其動人。我還駐紮在那個廟裏半個月到廿天，屬於守備隊第一團，那廟裏牆上的詩好像也很多，花也多得很，還有個「大藏③」，樣子如塔，高至五丈，在一個大殿堂裏，上面用木砌成，全是菩薩。合幾個人力量轉動它時，就聽到一種嚇人的聲音，如龍吟太空。這東西中國的廟裏似乎不多，非敕建④大廟好像還不作興有它的。

我船又在上一個大灘了，名為「橫石」，船下行時便必須進點水，上行時若果是隻大船，也極費事，但小船倒還方便，不到廿分鐘就可以完事的。這時船已到了大浪裏，我抱着你同四丫頭的相片，若果浪把我捲去，我也得有個伴！

三三，這灘上就正有隻大船碎在急浪裏，我小船挨着它過去，我還看得明明白白那隻船中的一切。我的船已過了危險處，你只瞧我的字就明白了。船在浪裏時是兩面亂擺的。如今又在上第二段灘水，拉船人得在水中弄船，支持一船的又只是手指大一根竹纜，你真不能想像這件事。可是你放心，這灘又拉上了……

---

③　大藏，即轉輪藏，一般稱轉經筒，原設於浦峯寺內。
④　敕（chì）建，帝王批准並出資建造。

　　我想印個選集了，因為我看了一下自己的文章，說句公平話，我實在是比某些時下所謂作家高一籌的。我的工作行將超越一切而上。我的作品會比這些人的作品更傳得久，播得遠。我沒有方法拒絕。我不驕傲，可是我的選集的印行，卻可以使些讀者對於我作品取精摘優得到一個印象。你已為我抄了好些篇文章，我預備選的僅照我記憶到的，有下面幾篇：

　　《柏子》、《丈夫》、《夫婦》、《會明》（全是以鄉村平凡人物為主格的，寫他們最人性的一面的作品。）

　　《龍朱》、《月下小景》（全是以異族青年戀愛為主格，寫他們生活中的一片，全篇貫串以透明的智慧，交織了詩情與畫意的作品。）

　　《都市一婦人》、《虎雛》（以一個性格強的人為主格，有毒的放光的人格描寫。）

　　《黑夜》（寫革命者的一片段生活。）

　　《愛欲》（寫故事，用《天方夜譚》風格寫成的作品。）

　　應當還有不少文章還可用的，但我卻想至多只許選十五篇。也許我新寫些，請你來選一次。我還打量作個《我為何創作》，寫我如何看別人生活以及自己如何生活，如何看別人作品以及自己又如何寫作品的經過。你若覺得這計劃還好，就請你為我抄寫《愛欲》那篇故事。這故事抄時仍然用那種綠格紙，同《柏子》差不多的。這書我估計應當有購者，同時有十萬讀者。

船去⑤辰州已只有三十里路，山勢也大不同了，水已較和平，山已成為一堆一堆黛色淺綠色相間的東西。兩岸人家漸多，竹子也較多，且時時刻刻可以聽到河邊有人做船補船，敲打木頭的聲音。山頭無雪，雖無太陽，十分寒冷，天氣卻明明朗朗。我還常常聽到兩岸小孩子哭聲，同牛叫聲。小船行將上個大灘，已泊近一個木筏，筏上人很多。上了這個灘後，就只差一個長長的急水，於是就到辰州了。這時已將近十二點，有雞叫！這時正是你們吃飯的時候，我還記得到，吃飯時必有送信的來，你們一定等着我的信。可是這一面呢，積存的信可太多了。到辰州為止。似乎已有了卅張以上的信。這是一包，不是一封。你接到這一大包信時，必定不明白先從甚麼看起。你應得全部裁開，把它秩序弄順，再訂個小冊子來看。你不怕麻煩，就得那麼做。有些專利的痴話，我以為也不妨讓四妹同九妹看看，若絕對不許她們見到，就用另一紙條黏好，不宜裁剪……

船又在上一個大灘了，名為「九溪」。等等我再告你一切。

……

好厲害的水！吉人天佑，上了一半。船頭全是水，白浪在船邊如奔馬，似乎只想攫你們的相片去，你瞧我字斜到甚麼樣子。但我還是一手拿着你的相片，一手寫字。好了，第一段已平安無事了。

---

⑤　去，距離。

小船上灘不足道，大船可太動人了。現在就有四隻大船正預備上灘，所有水手皆上了岸，船後掌梢的派頭如將軍，攔頭的赤着個膊子，船揹[6]到水中不動了，一下子就躍到水中了。我小船又在急水中了，還有些時候方可到第二段緩水處。大船有些一整天只上這樣一個灘，有些到灘上弄碎了，就收拾船板到石灘上搭棚子住下。三三，這鬥爭，這和水的爭鬥，在這條河裏，至少是有廿萬人的！三三，我小船第二段危險又過了，等等還有第三段得上。這個灘共有九段麻煩處，故上去還需些時間。我船裏已上了浪，但不妨的，這不是要遠人擔心的⋯⋯

我昨晚上睡不着時，曾經想到了許多好像很聰明的話⋯⋯今天被浪一打，現在要寫卻忘掉了。這時浪真大，水太急了點，船倒上得很好。今天天明朗一點，但毫無風，不能掛帆。船又上了一個灘，到一段較平和的急流中了。還有三五段。小船因攔頭的不得力，已加了個臨時縴手，一個老頭子，白鬚滿腮，牙齒已脫，卻如古羅馬人那麼健壯。先時蹲到灘頭大青石上，同船主講價錢，一個要一千，一個出九百，相差的只是一分多錢，並且這錢全歸我出，那船主仍然不允許多出這一百錢。但船開行後，這老頭子卻趕上前去自動加入拉縴了。這時船已到了第四段。

小船已完全上灘了，老頭子又到船邊來取錢，簡直是

---

[6] 揹（kèn），一點一點地往下咬。

個托爾斯太[7]！眉毛那麼濃，臉那麼長，鼻子那麼大，鬍子那麼長，一切皆同畫上的托爾斯太相同。這人秀氣一些，因為生長在水邊，也許比那一個同時還乾淨些。他如今又蹲在一個石頭上了。看他那數錢神氣，人那麼老了，還那麼出力氣，為一百錢大聲地嚷了許久，我有個疑問在心：

「這人為甚麼而活下去？他想不想過為甚麼活下去這件事？」

不止這人不想起，我這十天來所見到的人，似乎皆並不想起這種事情的。城市中讀書人也似乎不大想到過。可是，一個人不想到這一點，還能好好生存下去，很希奇的。三三，一切生存皆為了生存，必有所愛方可生存下去。多數人愛點錢，愛吃點好東西，皆可以從從容容活下去的。這種多數人真是為生而生的。但少數人呢，卻看得遠一點，為民族為人類而生。這種少數人常常為一個民族的代表，生命放光，為的是他會凝聚精力使生命放光！我們皆應當莫自棄，也應當得把自己凝聚起來！

三三，我相信你比我還好些，可是你也應得有這種自信，來思索這生存得如何去好好發展！

我小船已到了一個安靜的長潭中了。我看到了用鸕鷀咬魚的漁船了，這漁船是下河少見的。這種船同這種黑色怪鳥，皆是我小時節極歡喜的東西，見了它們同見老友一樣。

---

[7] 托爾斯太，現通譯為托爾斯泰（1828－1910），俄國文豪，著有《戰爭與和平》、《安娜‧卡列安娜》、《復活》等巨著。

我為它們照了個相，希望這相還可看出個大略。我的相片已照了四張，到辰州我還想把最初出門時，軍隊駐紮的地方照來，時間恐不大方便。我的小船正在一個長潭中滑走，天氣極明朗，水靜得很，且起了些風，船走得很好。只是我手卻凍壞了，如果這樣子再過五天，一定更不成事了的。在北方手不腫凍，到南方來卻凍手，這是件可笑的事情。

我的小船已到了一個小小水村邊，有母雞生蛋的聲音，有人隔河喊人的聲音，兩山不大而翠色迎人，有許多待修理的小船皆斜臥在岸上，有人正在一隻船邊敲敲打打，我知道他們是在用麻頭同桐油、石灰嵌進船縫裏去的，一個木筏上面還有小船，正在平潭中溜着，有趣得很！我快到柏子⑧停船的岸邊了，那裏小船多得很，我一定還可以看到上千的真正柏子！

我烤烤手再寫。這信快可以付郵了，我希望多寫些，我知道你要許多，要許多。你只看看我的信，就知道我們離開後，我的心如何還在你的身邊！

手一烤就好多了。這邊山頭已染上了淺綠色，透露了點春天的消息，說不出它的秀。我小船只差上一個長灘，就可以用槳划到辰州了。這時已有點風，船走得更快一些。到了辰州，你的相片可以上岸玩玩，四丫頭的大相卻只好在箱子裏了。我願意在辰州碰到幾個必須見面的人，上去時就方便

---

⑧　柏子，沈從文小說《柏子》中的主人公，是一個粗獷豪放、充滿生命力的年輕水手。上文已有提及。

些。辰州到我縣裏只二百八十里，或二百六或二百廿里，若坐轎三天可到，我改坐轎子。一到家，我希望就有你的信，信中有我們所照的相片！

船已在上我所說最後一個灘了，我想再休息一會會，上了這長灘，我再告你一切。我一離開你，就只想給你寫信，也許你當時還應當苛刻一點，殘忍一點，盡擠我寫幾年信，你覺得更有意思！

……

二哥

一月十八十二時卅分

歷史是一條河

導讀

　　本文亦出自沈從文的家書《湘行書簡》。此信的重頭戲在後半篇作者站立船艙所得出的感悟，雖以議論為主，卻處處注入了充沛的情感。文章不長，卻用到好幾處「感動」，細究這些令人感動的成分，居然還包括「水底各色圓石」和「石灘上拉船人的姿勢」等，為何連一粒石子、一隻小船都能讓作者眼眶潮潤？

　　作者坦言，正是這些看上去微不足道的生命形態，讓他的生命觀與歷史觀剎那間變得透亮起來。眼前的長河，為作者打開了一扇專屬於他的大門，讓其窺見歷史暗角的大祕密。他認為眼前「真的歷史」與尋常的史書有着太多區別：史書上只顧記載那些大事，而這些世代生活在中國一角的人們，雖然生命姿態卑微得一度讓作者也覺得「可憐」，卻實在活得「莊嚴忠實」，而他們正是為史書不提的、歷史進程的主要擔負者。

　　沈從文讚美這份「各擔負自己那分命運」的坦然，這一發現使得作者同「五四」以來的很多作家都不一樣。1934 年初，在湘西的一條河流上，一位作家正注視着河底那些千古不變的東西，覺得這些才承載了若干代人類的哀樂。這些砂石草木雖然沒有河面上的浪花飛濺與波濤壯闊，卻注定留存得更久、更遠。

　　有趣的是，這樣的歷史觀讓作者自己也變得豁然開朗，底層人物在沈從文的作品中被賦予了全新的正面意義，並非作家由上而下的同情和憐憫，而是自身無需賦予便具有的積極能量與合理價值，這正是沈從文作品的重要意義。

十八日下午二時卅分

　　我小船已把主要灘水全上完了，這時已到了一個如同一面鏡子的潭裏，山水秀麗如西湖，日頭已出，兩岸小山皆淺綠色。到辰州只差十里，故今天到地必很早。我照了個相，為一羣拉纖人照的。現在太陽正照到我的小船艙中，光景明媚，正同你有些相似處。我因為在外邊站久了一點，手已發了木，故寫字也不成了。我一定得戴那雙手套的，可是這同寫信恰好是魚同熊掌，不能同時得到。我不要熊掌，還是做近於吃魚的寫信吧。這信再過三四點鐘就可發出，我高興得很。記得從前為你寄快信時，那時心情真有説不出的緊處，可憐的事，這已成為過去了。現在我不怕你從我這種信中挑眼兒[1]了，我需要你從這些無頭無緒的信上，找出些我不必説的話……

　　我已快到地了，假若這時節是我們兩個人，一同上岸去，一同進街且一同去找人，那多有趣味！我一到地見到了有點親戚關係的人，他們第一句話，必問及你！我真想凡是有人問到你，就答覆他們「在口袋裏！」

　　三三，我因為天氣太好了一點，故站在船後艙看了許久水，我心中忽然好像徹悟了一些，同時又好像從這條河中得到了許多智慧。三三，的的確確，得到了許多「智慧」，不是「知識」。我輕輕地歎息了好些次。山頭夕陽極感動我，

---

① 　挑眼兒，口語，挑毛病。

水底各色圓石也極感動我，我心中似乎毫無甚麼渣滓，透明燭照，對河水，對夕陽，對拉船人同船，皆那麼愛着，十分溫暖地愛着！我們平時不是讀歷史嗎？一本歷史書除了告我們些另一時代最笨的人相斫②相殺以外有些甚麼？但真的歷史卻是一條河。從那日夜長流、千古不變的水裏，石頭和沙子，腐了的草木，破爛的船板，使我觸着平時我們所疏忽了若干年代、若干人類的哀樂！我看到小小漁船，載了它的黑色鸕鶿向下流緩緩划去，看到石灘上拉船的人的姿勢，我皆異常感動且異常愛他們。我先前一時不還提到過這些人可憐的生，無所為的生嗎？不，三三，我錯了。這些人不需我們來可憐，我們應當來尊敬、來愛。他們那麼莊嚴忠實的生，卻在自然上各擔負自己那份命運，為自己、為兒女而活下去。不管怎麼樣活，卻從不逃避為了活而應有的一切努力。他們在他們那份習慣生活裏、命運裏，也依然是哭、笑、吃、喝，對於寒暑的來臨，更感覺到這四時交遞的嚴重。三三，我不知為甚麼，我感動得很！我希望活得長一點，同時把生活完全發展到我自己這份工作上來。我會用我自己的力量，為所謂人生，解釋得比任何人皆莊嚴些與透入些！三三，我看久了水，從水裏的石頭得到一點平時好像不能得到的東西，對於人生，對於愛憎，彷彿全然與人不同了。我覺得惆悵得很，我總像看得太深太遠，對於我自己，便成為受難者了。這時節我軟弱得很，因為我愛了世界，愛了人

---

② 斫（zhuó），用刀斧砍。

類。三三，倘若我們這時正是兩人同在一處，你瞧我眼下濕到甚麼樣子！

三三，船已到關上了，我半點鐘就會上岸的。今晚上我恐怕無時間寫信了，我們當說聲再見！三三，請把這信用你那體面溫和眼睛多吻幾次！我明天若上行，會把信留到浦市發出的。

二哥

一月十八下午四點半

這裏全是船了！

鴨窠圍的夜

導讀

本文出自沈從文的著名散文集《湘行散記》，1936 年商務印書館初版。讀過前面那些沈二哥寫給「三三」的信（即《湘行書簡》）後再看這些遊記，會發現場景與人物都很熟悉，兩年前的還鄉見聞被作者構築成了形式更為整飭的散文。但書信與散文畢竟體裁不同，敍述口吻也發生了變化，少了幾分性情揮灑，卻多了不少構思與立意上的整體考慮。

本文一開始寫了一些船上見聞，但到後面，作者用以打發長夜的素材，並非來自上岸後的親身見聞，而是用聽到的聲音、見到的火光編織的成串聯想。

唱曲女子的聲音就能讓作者敷衍出一大篇動人故事，甚至連種種細節都能想得齊全。追隨着那個「清中夾沙的婦女聲音」，吊腳樓上的女子與船上人離別時的細膩對答彷彿就在耳邊；而女子的穿戴、理鬢角的動作也在眼前展開。有意思的是，文中提到的「大老」與「順順」均與《邊城》中的人物同名。在作者的文學世界中，散文與小說、真實與想像的界限似乎並不嚴格。過去的經驗引領着多情的作者穿行在湘西的河流上，於是，目之所觸、耳之所聞，皆讓他感念不已。一隻小羊叫能讓他彷彿觸着了「這世界上一點東西」；漁人捕魚的單調聲響也讓他彷彿看見「原始人與自然戰爭的情景」。從極普通的人與物思想世間的奧祕，作者的返鄉經歷實在收穫豐厚。

天快黃昏時落了一陣雪子，不久就停了。天氣真冷，在寒氣中一切皆彷彿結了冰，便是空氣，也像快要凍結的樣子。我包定的那一隻小船，在天空大把撒着雪子時已泊了岸，從桃源縣沿河而上這已是第五個夜晚。看情形晚上還會有風有雪，故船泊岸邊時便從各處挑選好地方。沿岸除了某一處有片沙嘴宜於泊船以外，其餘地方全是黛[①]色如屋的大石頭。石頭既然那麼大，船又那麼小，我們都希望尋覓得到一個能作小船風雪屏障，同時要上岸又還方便的處所。凡可以泊船的地方早已被當地漁船佔去了。小船上的水手，把船上下各處撐去，鋼鑽頭敲打着沿岸大石頭，發出好聽的聲音，結果這隻小船，還是不能不同許多大小船隻一樣，在正當泊船處插了篙子，把當做錨頭用的石碇拋到沙上去，盡那行將來到的風雪，攤派到這隻船上。

　　這地方是個長潭的轉折處，兩岸皆高大壁立的山，山頭上長着小小竹子，長年翠色逼人。這時節兩山只剩餘一抹深黑，賴天空微明為畫出一個輪廓。但在黃昏裏看來如一種奇跡的，卻是兩岸高處去水已三十丈上下的吊腳樓。這些房子莫不儼然懸掛在半空中，藉[②]着黃昏的餘光，還可以把這些希奇的樓房形體，看得出個大略。這些房子同沿河一切房子有個共通相似處，便是從結構上說來，處處顯出對於木材的浪費。房屋既在半山上，不用那麼多木料，便不能成為房子

---

① 黛，青黑色。
② 藉，憑藉。

嗎？半山上也用吊腳樓形式，這形式是必需的嗎？然而這條河水的大宗出口是木料，木材比石塊還不值價。因此即或是河水永遠漲不到處，吊腳樓房子依然存在，似乎也不應當有何惹眼驚奇了。但沿河因為有了這些樓房，長年與流水鬥爭的水手，寄身船中枯悶成疾的旅行者，以及其他過路人，卻有了落腳處了。這些人的疲勞與寂寞是從這些房子中可以一律解除的。地方既好看，也好玩。

　　河面大小船隻泊定後，莫不點了小小的油燈，拉了篷。各個船上皆在後艙燒了火，用鐵鼎罐③煮飯，飯燜熟後，又換鍋子熬油，嘩地把菜蔬倒進熱鍋裏去。一切齊全了，各人蹲在艙板上三碗五碗把腹中填滿後，天已夜了。水手們怕冷怕動的。收拾碗盞後，就莫不在艙板上攤開了被蓋，把身體鑽進那個預先捲成一筒又冷又濕的硬棉被裏去休息。至於那些想喝一杯的，發了煙癮得靠靠燈④、船上煙灰又翻盡了的，或一無所為，只是不甘寂寞，好事好玩⑤想到岸上去烤烤火談談天的，則莫不提了桅燈，或燃一段廢纜子，搖着晃着從船頭跳上了岸，從一堆石頭間的小路徑，爬到半山上吊腳樓房子那邊去，找尋自己的熟人，找尋自己的熟地。陌生人自然也有來到這條河中、來到這種吊腳樓房子裏的時節，但一到地，在火堆旁小板凳上一坐，便是陌生人，即刻也就可以

---

③　鼎罐，炊具，罐底呈球面狀，用時置於三足圓形鐵架上，狀似商鼎，故名。

④　靠燈，指抽鴉片，因需要煙燈，故有此說。

⑤　好事好玩，喜歡多事和玩樂。好，讀 hào。

稱為熟人了。

這河邊兩岸除了停泊有上下行的大小船隻三十左右以外，還有無數在日前趁融雪漲水放下、形體大小不一的木筏。較小的上面供給人住宿過夜的棚子也不見，一到了碼頭，便各自上岸找住處去了。大一些的木筏呢，則有房屋，有船隻，有小小菜園與養豬養雞柵欄，有女眷，有孩子。

黑夜佔領了全個河面時，還可以看到木筏上的火光，吊腳樓窗口的燈光，以及上岸下船在河岸大石間飄忽動人的火炬紅光。這時節岸上船上皆有人說話，吊腳樓上且有婦人在黯淡燈光下唱小曲的聲音，每次唱完一支小曲時，就有人笑嚷。甚麼人家吊腳樓下有匹小羊叫，固執而且柔和的聲音，使人聽來覺得憂鬱。我心中想着：「這一定是從別一處牽來的，另外一個地方，那小畜生的母親，一定也那麼固執地鳴着吧。」算算日子，再過十一天便過年了。「小畜生明不明白只能在這個世界上活過十天八天？」明白也罷，不明白也罷，這小畜生是為了過年而趕來應在這個地方死去的。此後固執而又柔和的聲音，將在我耳邊永遠不會消失。我覺得憂鬱起來了。我彷彿觸着了這世界上一點東西，看明白了這世界上一點東西，心裏軟和得很。

但我不能這樣子打發這個長夜。我把我的想像，追隨了一個唱曲時清中夾沙的婦女聲音到她的身邊去了。於是彷彿看到了一個牀鋪，下面是草薦[6]，上面攤了一牀用舊帆布或

---

⑥　草薦，草蓆。薦，蓆子。

別的舊貨做成髒而又硬的棉被，攤在被蓋上面的是一個木托盤，盤中有一把小茶壺，一個小煙匣，一塊石頭，一盞燈。盤邊躺着一個人。唱曲子的婦人，或是袖了手⑦捏着自己的膀子站在吃煙者的面前，或是靠在男子對面的牀頭，為客人燒煙。房子分兩進，前面臨街，地是土地，後面臨河，便是所謂吊腳樓了。這些人房子窗口既一面臨河，可以憑⑧了窗口呼喊河下船中人，當船上人過了癮，胡鬧已夠，下船時，或者尚有些事情囑託，或有其他原因，一個晃着火炬停頓在大石間，一個便憑立在窗口，「大老你記着，船下行時又來！」「好，我來的，我記着的。」「你見了順順就説：『會呢，完了；孩子大牛呢，腳膝骨好了，細粉捎三斤，冰糖捎三斤。』」「記得到，記得到，大娘你放心，我見了就説：會呢，完了，大牛呢，好了，細粉來三斤，冰糖來三斤。」「楊氏，楊氏，一共四吊七，莫錯帳！」「是的，放心呵，你説四吊七就四吊七，年三十夜莫會要你多的！你自己記着就是了！」這樣那樣地説着，我一一皆可聽到，而且一面還可以聽着在黑暗中某一處咩咩的羊鳴。我明白這些回船的人是上岸吃過「葷煙⑨」了的。

　　我還估計得出，這些人不吃「葷煙」，上岸時只去烤烤火的，到了那些屋子裏時，便多數只在臨街那一面鋪子裏。

---

⑦　袖了手，把手揣進袖子裏。

⑧　憑，倚靠。

⑨　葷煙，此處指水手與吊腳樓上的女性有性交易。

這時節天氣太冷，大門必已上好了，屋裏一隅[10]或點了小小油燈，屋中土地上必就地掘了淺凹，燒了些樹根柴塊。火光煜煜，且時時刻刻爆炸着一種難於形容的聲音。火旁矮板凳上坐有船上人，木筏上人，對河住家的熟人。且有雖為天所厭棄還不自棄的老婦人，閉着眼睛蜷成一團蹲在火邊，悄悄地從大袖筒裏取出一片薯乾，一枚紅棗，塞到嘴裏去咀嚼。有穿着骯髒、身體瘦弱的孩子，手擦着眼睛，傍着火旁的母親打盹兒。屋主人有為退伍的老軍人，有翻船揹運的老水手，有單身寡婦，藉着火光燈光，可以看得出這屋中的大略情形，三堵木板壁上，一面必有個供養祖宗的神龕，神龕下空處或另一面，必貼了一些大小不一的紅白名片。這些名片倘若有那些好事者加以注意，用小油燈照着，去仔細檢查，便可以發現許多動人的名銜，軍隊上的連附[11]、上士、一等兵，商號中的管事，當地的團總、保正、催租吏，以及照例姓滕的船主，洪江的木簰商人，與其他人物，無所不有。這是近十年來經過此地若干人中一小部分的題名錄。這些人各用一種不同的生活，來到這個地方，且同樣地來到這些屋子裏，坐在火邊或靠近牀上，逗留過若干時間。這些人離開了此地後，在另一世界裏還是繼續活下去，但除了同自己的生活圈子中人發生關係以外，與一同在這個世界上其他的人，卻彷彿便毫無關係可言了。他們如今也許早已死掉了，

---

⑩　隅（yú），角落。

⑪　連附，國民黨軍隊中對打雜跑腿的副官的稱謂。

水淹死的，槍打死的，被外妻用砒霜謀殺的，然而這些名片卻依然將好好地保留下去。也許有些人已成了富人名人，成了當地的小軍閥，這些名片卻仍然寫着催租人、上士等等的銜頭。……除了這些名片，那屋子裏是不是還有比它更引人注意的東西呢？鋸子、小撈兜、香煙大畫片、裝乾栗子的口袋……

提起這些問題時使人心中得激動。我到船頭上去眺望了一陣。河面靜靜的，木筏上火光小了，船上的燈光已很少了，遠近一切只能藉着水面微光看出個大略情形。另外一處的吊腳樓上，又有了婦人唱小曲的聲音，燈光搖搖不定，且有猜拳聲音。我估計那些燈光同聲音所在處，不是木筏上簰頭在取樂，就是水手們、小商人在喝酒。婦人手指上說不定還戴了從常德府為水手特別捎來的鍍金戒指，一面唱曲一面把那隻手理着鬢角，多動人的一幅畫圖！我認識他們的哀樂，這一切我也有份。看他們在那裏把每個日子打發下去，也是眼淚也是笑，離我雖那麼遠，同時又與我那麼相近。這正同讀一篇描寫西伯利亞方面的農人生活動人作品一樣，使人掩卷引起無言的哀戚。我如今只用想像去領味這些人生活的表面姿態，卻用過去一份經驗，接觸着了這種人的靈魂。

羊還固執地鳴着。遠處不知甚麼地方有鑼鼓聲音，那是禳土酬神巫師的鑼鼓。聲音所在處必有火燎與九品蠟[12]照耀爭輝，炫目火光下有頭包紅布的老巫獨立作旋風舞，門上架

---

[12] 九品蠟，祭神用的蠟燭，共九支，用時按一定方式組合排列。

上有黃錢，平地有裝滿了穀米的平斗。有新宰的豬羊伏在木架上，頭上插着小小紙旗。有行將為巫師用口把頭咬下的活生公雞，縛了雙腳與翼翅，在土壇邊無可奈何地躺臥。主人鍋灶邊則熱了豬血稀粥，灶中火光熊熊。

鄰近一隻大船上，水手們已靜靜地睡下了，只剩餘一個人吸着煙，且時時刻刻把煙管敲着船舷。也像聽着吊腳樓的聲音，為那點聲音所激動，忽然按捺自己不住了，只聽到他輕輕地罵着野話，擦了支自來火，點上一段廢纜，跳上岸往吊腳樓那裏去了。他在岸上大石間走動時，火光便從船篷空處漏進我的船中。也是同樣的情形吧，在一隻裝載棉軍服向上行駛的船上，泊到同樣的岸邊，躺在成束成捆的軍服上面，夜既太長，水手們愛玩牌的皆蹲坐在艙板上小油燈光下玩天九，睡既不成，便胡亂穿了兩套棉軍服，空手上岸，藉着石塊間還未融盡殘雪返照的微光，一直向高岸上有燈光處走去。到了街上，除了從人家門縫裏露出的燈光成一條長線橫臥着，此外一無所有。在計算[13]中以為應可見到的小攤上成堆的花生，用哈德門長煙匣裝着乾癟癟的小橘子，切成小方塊的片糖，以及在燈光下看守攤子，把眉毛扯得極細的婦人（這些婦人無事可做時還會在燈光下做點針線的），如今甚麼也沒有。既不敢冒昧闖進一個人家裏面去，便只好又回轉河邊船上了。但上山時向燈光凝聚處走去，方向不會錯誤。下河時可糟了。糊糊塗塗在大石小石間走了許久，且大

⑬　計算，此處為料想，預料之意。

聲喊着，才走近自己所坐的一隻船。上船時，兩腳全是泥，剛攀上船舷還不及脫鞋落艙，就有人在棉被中大喊：「夥計哥子們，脫鞋呀！」把鞋脫了還不即睡，便鑲到水手身旁去看牌，一直看到半夜，——十五年前自己的事，在這樣地方溫習起來，使人對於命運感到驚異。我懂得那個忽然獨自跑上岸去的人，為甚麼上去的理由！

　　等了一會兒，鄰船上那人還不回到他自己的船上來，我明白他所得的比我多了一些。我想聽聽他回來時，是不是也像別的船上人，有一個婦人在吊腳樓窗口喊叫他。許多人都陸續回到船上了，這人卻沒有下船。我記起「柏子」。但是，同樣是水上人，一個那麼快樂地趕到岸上去，一個卻是那麼寂寞地跟着別人後面走上岸去，到了那些地方，情形不會同柏子一樣，也是很顯然的事了。

　　為了我想聽聽那個人上船時那點推篷聲音，我打算着，在一切聲音皆已安靜時，我仍然不能睡覺。我等待那點聲音，大約到午夜十二點，水面上卻起了另外一種聲音。彷彿鼓聲，也彷彿汽油船馬達轉動聲，聲音慢慢地近了，可是慢慢地又遠了。這是一個有魔力的歌唱，單純到不可比方，也便是那種固執的單調，以及單調的延長，使一個身臨其境的人，想用一組文字去捕捉那點聲音，以及捕捉在那長潭深夜一個人為那聲音所迷惑時節的心情，實近於一種徒勞無功的努力。那點聲音使我不得不再從那個業已[14]用被單塞好空

---

[14]　業已，已經。

罅的艙門，到船頭去搜索它的來源。河面一片紅光，古怪聲音也就從紅光一面掠水而來。日裏隱藏在大岩下的一些小漁船，原來在半夜前早已靜悄悄地下了攔江網。到了半夜，把一個從船頭伸在水面的鐵籃，盛上燃着熊熊烈火的油柴，一面敲着船舷各處走去。身在水中見了火光而來與受了柝聲[15]驚走四竄的魚類，便在這種情形中觸了網，成為漁人的俘虜。

一切光，一切聲音，到這時節已為黑夜所撫慰而安靜了，只有水面上那一份紅光與那一派聲音。那種聲音與光明，正為着水中的魚與水面的漁人生存的搏戰，已在這河面上存在了若干年，且將在接連而來的每個夜晚依然繼續存在。我弄明白了，回到艙中以後，依然默聽着那個單調的聲音。我所看到的彷彿是一種原始人與自然戰爭的情景。那聲音，那火光，皆近於原始人類的武器！

不知在甚麼時候開始落了很大的雪，聽船上人嘟嚷着，我心想，第二天我一定可以看到鄰船上那個人上船時節，在岸邊雪地上留下那一行足跡。那寂寞的足跡，事實上我卻不曾見到，因為第二天到我醒來時，小船已離開那個泊船處很遠了。

名家散文必讀系列 · 沈從文

---

⑮ 柝（tuò）聲，打更聲。柝，打更用的梆子。

一九三四年一月十八

本文出自沈從文的著名散文集《湘行散記》，本文用白描手法記述了船行至辰州時的見聞，質樸的語言背後卻蘊藏著很強的張力。在潛意識中，河水對沈從文意味著特殊的親切。夢境中，河水划過船舷的聲音，彷彿一個極熟的人的呼喊，使人驚醒。在這樣一個山色淺黛、水流温和的環境中，我們看見了一個水手在大船為長灘所阻時躍入水中，遂被河水帶走的情景，觸目驚心，但作者寫來卻語氣平淡，將「船上人」的視角代替了自己的敍述，只說這「從船上人看來可太平常了」。顯然，作者認同了這種對苦難超脱視之的態度，以當地人的口吻來重新講述眼前景象。湯湯的流水使沈從文獲得了「智慧」，一種對自然與人生的澄明徹悟。這影響到他的歷史觀：人類的歷史除了用文字寫就的以外，更有一套寫在水上的歷史，而且還比一切文字更為悠長。

作者把《湘行書簡》講給三三聽的那些讓他激動不已的話語，轉化成散文中的抒情底色，如《歷史是一條河》中的船艙沉思與此文中的相應段落；更善於把書信中的人物素描完善成工筆畫式的正面肖像，如《橫石和九溪》與此篇中的老水手。他筆下的湘西人大多被寫得充滿情味，讀到那個寬臉大身材的苗人，有着小孩似的口音與揣度對方身份後的靦腆，讀者只會驚歎為何此地的可愛人物這樣集中！用除去一切矯飾的文字來講述偏僻邊地的故事，於是平常無奇的語言中也溢出了深長韻味。

我彷彿被一個極熟的人喊了又喊，人清醒後那個聲音還在耳朵邊。原來我的小船已開行了許久，這時節正在一個長潭中順風滑行，河水從船舷輕輕擦過，故把我弄醒了。

　　我的小船今天應當停泊到一個大碼頭，想起這件事，我就有點慌張起來了。小船應停泊的地方，照史籍上所說，出丹砂，出辰州符。事實上卻只出胖人，出肥豬，出鞭炮，出雨傘。一條長長的河街，在那裏可以見到無數水手柏子與無數柏子的情婦。長街盡頭飄揚着稅關的幡信，稅關前停泊了無數上下行驗關的船隻。長街盡頭油坊圍牆如城垣①，長年有油可打，打油人搖盪懸空油捶，訇②地向前拋去時，莫不伴以搖曳長歌，由日到夜，不知休止。河中長年有大木筏停泊，每一木筏浮江而下時，同時四方角隅至少有三十個人舉橈③激水。沿河吊腳樓下泊定了大而明黃的船隻，船尾高張，皆到兩丈左右，小船從下面過身時，仰頭看去恰如一間大屋。（那上面必用金漆寫得有「福」字同「順」字！）這個地方就是我一提及它時充滿了感情的辰州地方。

　　小船去辰州還約三十里，兩岸山頭已較小，不再壁立拔峯，漸漸成為一堆堆黛色與淺綠相間的丘阜④，山勢既較和平，河水也溫和多了。兩岸人家漸漸越來越多，隨處皆可以見到毛竹林。山頭已無雪，雖尚不出太陽，氣候乾冷，天空倒明明朗朗。小船順風張帆向上流走去時，似乎異常穩定。

---

① 垣，牆壁。
② 訇，形容大聲。
③ 橈，划船的槳。
④ 丘阜，小山堆，丘、阜都有小山之意。

但小船今天至少還得上三個灘與一個長長的急流。

大約九點鐘時，小船到了第一個長灘腳下了，白浪從船旁跑過快如奔馬，在驚心眩目情形中小船居然上了灘。小船上灘照例並不如何困難，大船可不同了一點。灘頭上就有四隻大船斜臥在白浪中大石上，毫無出險的希望。其中一隻貨船大致還是昨天才壞事的，只見許多水手在石灘上搭了棚子住下，且攤曬了許多被水浸濕的貨物。正當我那隻小船上完第一灘時，卻見一隻大船，正擱淺在灘頭激流裏，只見一個水手赤裸着全身向水中跳去，想在水中用肩背之力使船隻活動，可是人一下水後，就即刻為水帶走了。在浪聲哮吼裏尚聽到岸上人沿岸喊着，水中那一個大約也回答着一些遺囑之類，過一會兒，人便不見了。這個灘共有九段。這件事從船上人看來可太平常了。

小船上第二段時，河流已隨山勢曲折，再不能張帆取風，我擔心到這小小船隻的安全問題，就向掌舵水手提議，增加一個臨時縴手，錢由我出。得到了他的同意，一個老頭子，牙齒已脫，白鬚滿腮，卻如古羅馬人那麼健壯，光着手腳蹲在河邊那個大青石上講生意來了。兩方面皆大聲嚷着而且辱罵着，一個要一千，一個卻只出九百，相差那一百錢折合銀洋約一分一厘。那方面既堅持非一千文不出賣這點氣力，這一方面卻以為小船根本不必多出這筆錢給一個老頭子。我即或答應了不拘⑤多少錢皆由我出，船上三個水手，

---

⑤　不拘，不管。

一面與那老頭子對罵，一面把船開到急流裏去了，但小船已開出後，老頭子方不再堅持那一分錢，卻趕忙從大石上一躍而下，自動把背後纖板上短繩，縛定了小船的竹纜，躬着腰向前走去了。待到小船業已完全上灘後，那老頭就趕到船邊來取錢，互相又是一陣辱罵。得了錢，坐在水邊大石上一五一十數着，我問他有多少年紀，他說七十七。那樣子，簡直是一個托爾斯太！眉毛那麼長，鼻子那麼大，鬍子那麼多，一切皆同畫像上的托爾斯太相去不遠。看他那數錢神氣，人快到八十了，對於生存還那麼努力執着，這人給我的印象真太深了。但這個人在他們看來，一個又老又狡猾的東西罷了。

小船上盡長灘後，到了一個小小水村邊，有母雞生蛋的聲音，有人隔河喊人的聲音，兩山不高而翠色迎人。許多等待修理的小船，皆斜卧在岸上，有人在一隻船邊敲敲打打，我知道他們正用麻頭與桐油石灰嵌進船縫裏去。一個木筏上面還擱了一隻小船，在平潭中溜着。忽然村中有炮仗聲音，有嗩吶聲音，且有鑼聲；原來村中人正接媳婦，鑼聲一起，修船的，放木筏的，划船的，都停止了工作，向鑼聲起處望去。——多美麗的一幅畫圖，一首詩！但除了一個從城市中因事擠出的人覺得驚訝，難道還有誰看到這些光景矍然[6]神往。

下午二時左右，我坐的那隻小船，已經把辰河由桃源到沅陵一段路程主要灘水上完，到了一個平靜長潭裏。天

---

⑥　矍然，非常精神的樣子。

氣轉晴，日頭初出，兩岸小山作淺綠色，山水秀雅明麗如西湖。船離辰州只差十里，過不久，船到了白塔下，再上個小灘，轉過山嘴，就可以見到稅關上飄揚的長幡了。

想起再過兩點鐘，小船泊到泥灘上後，我就會如同我小說寫到的那個柏子一樣，從跳板一端搖搖盪盪地上了岸，直向有吊腳樓人家的河街走去，再也不能蜷伏在船裏了。

我坐到後艙口日光下，向着河流清算我對於這條河水、這個地方的一切舊帳。原來我離開這地方已十六年。十六年的日子實在過得太快了一點。想起從這堆日子中所有人事的變遷，我輕輕地歎息了好些次。這地方是我第二個故鄉。我第一次離鄉背井，隨了那一羣肩扛刀槍向外發展的武士，為生存而戰鬥，就停頓到這個碼頭上。這地方每一條街，每一處衙署，每一間商店，每一個城洞裏做小生意的小擔子，還如何在我睡夢裏佔據一個位置！這個河碼頭在十六年前教育我，給我明白了多少人事，幫助我做過多少幻想，如今卻又輪到它來為我溫習那個業已消逝的童年夢境來了。

望着湯湯⑦的流水，我心中好像忽然徹悟了一點人生，同時又好像從這條河上，新得到了一點智慧。的的確確，這河水過去給我的是「知識」，如今給我的卻是「智慧」。山頭一抹淡淡的午後陽光感動我，水底各色圓如棋子的石頭也感動我。我心中似乎毫無渣滓，透明燭照，對萬匯百物，對拉船人與小小船隻，皆那麼愛着，十分温暖地愛着！我的感

---

⑦　湯湯（shāng shāng），形容水流大而急。

情早已融入這第二故鄉一切光景聲色裏了。我彷彿很渺小很謙卑，對一切似乎皆在伸手，且微笑地輕輕地説：

「我來了，是的，我仍然同從前一樣地來了。我們全是原來的樣子，真令人高興。你，充滿了牛糞桐油氣味的小小河街，雖稍稍不同了一點，我這張臉，大約也不同了一點。可是，很可喜的是我們還互相認識，只因為我們過去實在太熟習了！」

看到日夜不斷、千古長流的河水裏，石頭和沙子，以及水面腐爛的草木、破碎的船板，使我觸着了一個使人感覺惆悵的名詞，我想起「歷史」。一套用文字寫成的歷史，除了告給我們一些另一時代另一羣人在這地面上相斫相殺的故事以外，我們決不會再多知道一些要知道的事情。但這條河流，卻告給了我若干年來若干人類的哀樂！小小灰色的漁船，船舷船頂站滿了黑色沉默的鷺鷥，向下游緩緩划去了。石灘上走着脊樑略彎的拉船人。這些東西於歷史似乎毫無關係，百年前或百年後皆彷彿同目前一樣。他們那麼忠實莊嚴地生活，擔負了自己那份命運，為自己，為兒女，繼續在這世界中活下去。不問所過的是如何貧賤艱難的日子，卻從不逃避為了求生而應有的一切努力。在他們生活愛憎得失裏，也依然攤派了哭，笑，吃，喝。對於寒暑的來臨，他們便更比其他世界上人感到四時交替的嚴肅。歷史對於他們儼然毫無意義，然而提到他們這點千年不變無可記載的歷史，卻使人引起無言的哀戚。

我有點擔心，地方一切雖沒有甚麼變動，我或者變得太多了一點。

船到了稅關前躉船旁泊定時，我想像那些稅關辦事人，因為見我是個陌生旅客，一定上船來盤問我，麻煩我。我於是便假定恰如數年前作的一篇文章上我那個樣子，故意不大理會，希望引起那個公務員的憤怒，直到把我帶局為止。我正想要那麼一個人引路到局上去，好去見他們的局長！還很希望他們帶我到當地駐軍旅部去，因為若果能夠這樣，就使我進衙門去找熟人時，省得許多瑣碎的手續了。

可是驗關的來了，一個寬臉大身材的苗人，見到他頭上那個盤成一餅的青布包頭，引動了我一點鄉情。我上岸的計劃不得不變更了。他還來不及開門我就說：「同年，你來查關！這是我坐的一隻空船，你儘管看。我想問你，你局長姓甚麼！」

那苗人已上了小船在我面前站定，看看艙裏一無所有，且聽我喊他為「同年」，從鄉音中得到了點快樂，便用着小孩子似的口音問我：「你到哪去，你從哪來呀？」「我從常德來 —— 就到這地方。你不是梨林人嗎？我是⋯⋯我要會你局長！」

那關吏說：「我是鎮筸城人！你問局長，我們局長姓陳！」第一個碰到的原就是自己的鄉親，我覺得十分激動，趕忙請他進艙來坐坐。可是這個人看看我的衣服行李，大約以為我是個甚麼代表，一種身份的自覺，不敢進艙裏來了。就告我若要找陳局長，可以把船泊到下南門去。一面說着一面且把手中的粉筆，在船篷上畫了個放行的記號，卻回到大船上去：「你們走！」他揮手要水手開船，且告水手應當把船停到下南門，上岸方便。

船開上去一點，又到了一個複查處。仍然來了一個頭裏青布的鄉親，從艙口看看船中的我。我想這一次應當故意不理會這個公務人，使他生氣方可到局裏去。可是這個複查員看看我不作聲的神氣，一問水手，水手說了兩句話，又揮揮手把我們放走了。

我心想：這不成，他們那麼和氣，把我想像的安排計劃全給毀了，若到下南門起岸，水手在身後扛了行李，到城門邊檢查時，只需水手一句話又無條件通過，很無意思。我多久不見到故鄉的軍隊了，我得看看他們對於職務上的興味與責任，過去和現在有甚麼不同處。我便變更了計劃，要小船在東門下傍碼頭停停，我一個人先上岸去，上了岸後小船仍然開到下南門，等等我再派人來取行李。我於是上了岸，不一會兒就到河街上了。當我打從那河街上過身時，做炮仗的，賣油鹽雜貨的，收買發賣船上一切零件的，所有小鋪子皆牽引了我的眼睛，因此我走得特別慢些。但到進城時卻使我很失望，城門口並無一個兵。原來地方既不戒嚴，兵移到鄉下去駐防，城市中已用不着守城兵了。長街路上雖有穿着整齊軍服的年青人，我卻不便如何故意向他們生點事。看看一切皆如十六年前的樣子，只是兵不同了一點。

我既從東門從從容容地進了城，不生問題，不能被帶過旅部去，心想時間還早，不如早到我弟弟哥哥共同在這地方新建築的「芸廬」新家裏看看，那新房子全在山上。到了那個外觀十分體面的房子大門前，問問工人誰在監工，才知道我哥哥來此剛三天。這就太妙了，若不來此問問，我以為我家中人還依然全在鎮筸山城裏！我進了門一直向樓邊走去

時，還有使我更驚異而快樂的，是我第一個見着的人，原來就正是五年來行蹤不明的「虎雛[8]」。這人五年前在上海從我住處逃亡後，一直就無他的消息，我還以為他早已腐了爛了。他把我引導到我哥哥住的房中，告給我哥哥已出門，過三點鐘方能回來。在這三點鐘之內，他在我很驚訝盤問之下，卻告給了我他的全部歷史，八歲時他就因為用石塊砸死了人逃出家鄉，做過玩龍頭寶[9]的助手，做過土匪，做過採茶人，做過兵。到上海發生了那件事情後，這六年中又是從一切想像不到的生活裏，轉到我軍官兄弟手邊來做一名「副爺」。

見到哥哥時，我第一句話說的是：「家中虎雛真是個了不起的人物。」我哥哥卻回答得很妙：「了不起的人嗎？這裏比他了不起的人多着哪。」

到了晚上，我哥哥說的話，便被我所見到的五個青年軍官證實了。

---

⑧　虎雛，沈從文小說《虎雛》中的主人公，是個乖巧可愛的小勤務兵。

⑨　玩龍頭寶，指舞龍和舞龍寶，龍寶通常做成龍珠。

箱 子 岩

❨ 導讀

　　本文出自沈從文散文集《湘行散記》，此篇由十四年前後的
兩幅圖畫構成。十四年前的五月十五，作者曾在辰河上行舟，箱
子岩下賽龍舟的動人心魄曾讓作者此後讀過的所有書卷都黯然失
色。白天划船的熱鬧場景讓作者突然明白了兩千年前的屈原筆底
生花的奧祕：只有親眼目睹了此地的奇光異彩，方能為其所感，
滋養出壯麗的辭篇。月下競舟的景象，更讓作者驚歎於生命本身
的、超越任何功利目的的自由抒發，與這種酣暢淋漓的揮灑與壯
美相比，人類的語言只能顯得「貧儉」。

　　十四年後，作者再次來到這條河中，當年的盛景卻只剩下了
凋敝殘破，而零落的舊夢卻從這裏的人身上得以復原與補償：作
者遇到了一位跛腳什長，年紀輕輕就嚐盡了人世的滄桑不幸。但
與生俱來的那股活力卻始終沒被壓抑：他說話能讓一船人為之興
奮，做事則有眼光、有魄力，得到眾人敬佩。

　　作為邊城世界的發言者，沈從文在感性與溫情的背後，一直
沒忘懷那份為建設的批評。他讚歎邊城人身上自然和平的人生態
度，更提出了要用「划龍船的精神」來重建鄉村精神世界。而這
位二十一歲的跛腳什長，似乎正代表了這樣一羣人，在他們身上
蘊藏着鄉村靈魂重築的希望。正如他不幸的腿傷能奇跡般地康復

一樣，舊靈魂在潰爛之後興許能長出新靈魂，經歷着 20 世紀初的諸般混亂與坎坷，湘西人卻仍然不墮志向。

　　在這個意義上，跛腳什長身上正完好地保存了當年龍舟賽會上那些小孩的興奮精神。

十四年以前，我有機會獨坐一隻小篷船，沿辰河上行，停船在箱子岩腳下。一列青黛嶄①削的石壁，夾江高矗，被夕陽烘炙成為一個五彩屏障。石壁半腰中，有古代巢居者的遺跡，石罅間懸撐起無數橫樑，暗紅色大木櫃尚依然好好地擱在木樑上。岩壁斷折缺口處，看得見人家茅棚同水碼頭，上岸喝酒下船過渡人皆得從這缺口通過。那一天正是五月十五日，河中人過大端陽節②。箱子岩洞窟中最美麗的三隻龍船，皆被鄉下人拖出浮在水面上。船隻狹而長，船舷描繪有朱紅線條，全船坐滿了青年橈手，頭腰各纏紅布，鼓聲起處，船便如一枝沒羽箭，在平靜無波的長潭中來去如飛。河身大約一里路寬，兩岸皆有人看船，大聲吶喊助興。且有好事者，從後山爬到懸岩頂上去，把百子鞭炮從高岩上拋下，盡鞭炮在半空中爆裂，嘭嘭嘭嘭的鞭炮聲與水面船中鑼鼓聲相應和。引起人對於歷史發生一種幻想，一點感慨。

　　當時我心想：多古怪的一切！兩千年前那個楚國逐臣屈原，若本身不被放逐，瘋瘋癲癲到這種充滿了奇異光彩的地方，目擊身經這些驚心動魄的景物，兩千年來的讀書人，或許就沒有福分讀《九歌》那類文章，中國文學史也就不會如現在的樣子了。在這一段長長歲月中，世界上多少民族皆墮落了，衰老了，滅亡了。即如號稱東亞大國的一片土地，也已經有過多少次被沙漠中的蠻族，騎了膘壯的馬匹，手持強

---

① 嶄，高峻、高出。

② 大端陽節，即農曆五月十五日。

弓硬弩，長槍大戟③，到處踐踏蹂躪！（辛亥革命前夕，在這苗蠻處的一個邊鎮上，向土民最後一次大規模施行殺戮的統治者，就是一個北方清朝的宗室！）然而這地方的一切，雖在歷史中也照樣發生不斷的殺戮、爭奪，以及一到改朝換代時，派人民擔負種種不幸命運，死的因此死去，活的被逼迫留髮、剪髮，在生活上受新朝代種種限制與支配。然而細細一想，這些人根本上又似乎與歷史毫無關係。從他們應付生存的方法與排泄感情的娛樂上看來，竟好像今古相同，不分彼此。這時節我所眼見的光景，或許就與兩千年前屈原所見的完全一樣。

那次我的小船停泊在箱子岩石壁下，附近還有十來隻小漁船，大致打魚人也有弄龍船競渡的，所以漁船上婦女小孩們，精神皆十分興奮，各站在尾梢上銳聲呼喊。其中有幾個小孩子，我只擔心他們太快樂了些，會把住家的小船跳沉。

日頭落盡雲影無光時，兩岸皆漸漸消失在溫柔暮色裏，兩岸看船人呼喝聲越來越少，河面被一片紫霧籠罩，除了從鑼鼓聲中尚能辨別那些龍船方向，此外已別無所見。然而岩壁缺口處卻人聲嘈雜，且聞有小孩子哭聲，有婦女們尖銳叫喚聲，綜合給人一種悠然不盡的感覺。天氣已經夜了，吃飯是正經事。我原先尚以為再等一會兒，那龍船一定就會傍近岩邊來休息，被人拖進石窟裏，在快樂呼喊中結束這個節日了。誰知過了許久，那種鑼鼓聲尚在河面飄着，表示一班人

---

③　戟，古代兵器。

還不願意離開小船，回轉家中。待到我把晚飯吃過後，爬出艙外一望，呀，天上好一輪圓月。月光下石壁同河面，一切皆鍍了銀，已完全變換了一種調子。岩壁缺口處水碼頭邊，正有人用廢竹纜或油柴燃着火燎，火光下只見許多穿白衣人的影子移動。問問船上水手，方知道那些人正把酒食搬移上船，預備分派給龍船上人。原來這些青年人白日裏划了一整天船，看船的皆散盡了，划船的還不盡興，並且誰也不願意掃興示弱，先行上岸，因此三隻長船還得在月光下玩上個半夜。

提起這件事，使我重新感到人類文字語言的貧儉。那一派聲音，那一種情調，真不是用文字語言可以形容的事情。向一個身在城市住下，以讀讀《楚辭》就神往意移的人，來描繪那月下競舟的一切，更近於徒然的努力。我可以說的，只是自從我把這次水上所領略的印象保留到心上後，一切書本上的動人記載，皆看得平平常常，不至於發生驚訝了。這正像我另外一時，看過人類許多花樣的殺戮，對於其餘書上敘述到這件事，同樣不能再給我如何感動。

十四年後我又有了機會乘坐小船沿辰河上行，應當經過箱子岩。我想溫習溫習那地方給我的印象，就要管船的不問遲早，把小船在箱子岩停泊。這一天是十二月七日，快要過年的光景。沒有太陽的釀雪天，氣候異常寒冷。停船時還只下午三點鐘左右，岩壁上藤蘿草木葉子多已萎落，顯得那一帶岩壁十分瘦削。懸岩高處紅木櫃，只剩下三四具，其餘早不知到哪兒去了。小船最先泊在岩壁下洞窟邊，冬天水落得太多，洞口已離水面兩丈以上，我從石壁裂罅爬上洞口，

到擱龍船處看了一下，舊船已不知壞了還是被水沖去了，只見有四隻新船擱在石樑上，船頭還貼有雞血同雞毛，一望就明白是今年方下水的。出得洞口時，見岩下左邊泊定五隻漁船，有幾個老漁婆縮頸斂手在船頭寒風中修補漁網。上船後覺得這樣子太冷落了，可不是個辦法。就又要船上水手為我把小船撐到岩壁斷折處有人家的地方去，就便上岸，看看鄉下人過年以前是甚麼光景。

　　四點鐘左右，黃昏已腐蝕了山巒與樹石輪廓，佔領了屋角隅，我獨自坐在一家小飯鋪柴火邊烤火。我默默地望着那個火光煜煜的樹根，在我腳邊很快樂地燃着，爆炸出輕微的聲音。鋪子裏人來來往往，有些說兩句話又走了，有些就來鑲在我身邊長凳上，坐下吸他的旱煙。有些來烘腳，把穿着濕草鞋的腳去熱灰裏亂攪。看看每一個人的臉子，我都發生一種奇異。這裏是一羣會尋快樂的鄉下人，有捕魚的，打獵的，有船上水手與編製竹纜工人。若我的估計不錯，那個坐在我身旁，伸出兩隻手向火，中指節有個放光頂針的，一定還是一位鄉村成衣人[4]。這些人每到大端陽時節，皆得下河去玩一整天的龍船。平常日子卻在這個地方，按照一種分定，很簡單地把日子過下去。每日看過往船隻搖櫓揚帆來去，看落日同水鳥。雖然也有人事上的得失，到恩怨糾紛成一團時，就陸續發生慶賀或仇殺。然而從整個說來，這些人生活卻彷彿同「自然」已相融合，很從容地各在那裏盡其性

---

④　成衣人，指給人做衣服的裁縫。

命之理，與其他無生命物質一樣，唯在日月升降寒暑交替中放射，分解。而且在這種過程中，人是如何渺小的東西，這些人比起世界上任何哲人，也似乎還更知道的多一些。

聽他們談了許久，我心中有點憂鬱起來了。這些不辜負自然的人，與自然妥協，對歷史毫無擔負，活在這無人知道的地方。另外尚有一批人，與自然毫不妥協，想出種種方法來支配自然，違反自然的習慣，同樣也那麼盡寒暑交替，看日月升降。然而後者卻在改變歷史，創造歷史。一分新的日月，行將消滅舊的一切。我們用甚麼方法，就可以使這些人心中感覺一種「惶恐」，且放棄過去對自然和平的態度，重新來一股勁兒，用划龍船的精神活下去？這些人在娛樂上的狂熱，就證明這種狂熱使他們還配在世界上佔據一片土地，活得更愉快、更長久一些。不過有甚麼方法，可以改造這些人的狂熱到一件新的競爭方面去？

一個跛腳青年人，手中提了一個老虎牌桅燈，燈罩光光的，灑着搖着從外面走進屋子。許多人皆同聲叫喚起來：「什長⑤，你發財回來了！好個燈！」

那跛子年紀雖很輕，臉上卻刻劃了一種油氣與驕氣，在鄉下人中彷彿身份特高一層。把燈擱在木桌上，坐近火邊來，拉開兩腿攤出兩隻手烘火，滿不高興地說：「碰鬼，運氣壞，甚麼都完了。」

「船上老八說你發了財，瞞我們。」

⑤　什長，古代一種下層軍職。

「發了財，哼。瞞你們？本錢去七角。桃源行市一塊零，有甚麼撈頭，我問你。」

這個人接着且連罵帶唱地說起桃源後江的情形，使得一班人皆活潑興奮起來，話說得正有興味時，一個人來找他，說豬蹄膀已燉好，酒已熱好，他搓搓手，說聲「有偏各位」，提起那個新桅燈就走了。

原來這個青年漢子，是個打魚人的獨生子，三年前被省城裏募兵委員招去，訓練了三個月，就開到江西邊境去同共產黨打仗。打了半年仗，一班弟兄中只剩下他一個人好好地活着，奉令調回後防招新軍補充時，他因此升了班長。第二次又訓練三個月，再開到前線去打仗。於是碎了一隻腿，抬回軍醫院診治，照規矩這隻腿用鋸子鋸去。一羣同志皆以為從辰州地方出來的人，「辰州符」比截割高明得多了，就把他從醫院中搶出，在外邊用老辦法找人敷水藥治療。說也古怪，那隻腿居然不必截割全好了。戰爭是個甚麼東西他已明白了。取得了本營證明，領得了些傷兵撫恤費後，於是回到家鄉來，用什長名義受同鄉恭維，又用傷兵名義做點生意。這生意也就正是有人可以賺錢，有人可以犯法，政府也設局收稅，也制定法律禁止，那種從各方面說來皆似乎極有出息的生意。我想弄明白那什長的年齡，從那個當地唯一成衣人口中，方知道這什長今年還只二十一歲。那成衣人尚說：

「這小子看事有眼睛，做事有魄力，蹶了一隻腳，還會發財走好運。若兩隻腿弄壞，那就更好了。」

有個水手插口說：「這是甚麼話。」

「甚麼畫，壁上掛。窮人打光棍，兩隻腿全打壞了，他

就不會賺了錢，再到桃源縣後江玩花姑娘！」

成衣人末後一句話把大家都弄笑了。

回船時，我一個人坐在灌滿冷氣的小小船艙中，計算那什長年齡，二十一歲減十四，得到個數目是七。我記起十四年前那個夜裏一切光景，那落日返照，那狹長而描繪朱紅線條的船隻，那鑼鼓與呼喊，……尤其是臨近幾隻小漁船上歡樂跳擲的小孩子，其中一定就有一個今晚我所見到的跛腳什長。唉，歷史。生硬性癰疽⑥的人，照舊式治療方法，可用一點點毒藥敷上，盡它潰爛，到潰爛淨盡時，再用藥物使新的肌肉生長，人也就恢復健康了。這跛腳什長，我對他的印象雖異常惡劣，想起他就是個可以潰爛這鄉村居民靈魂的人物，不由人不……

二十年前澧州地方一個部隊的馬夫，姓賀名龍，一菜刀切下了一個兵士的頭顱⑦，二十年後就得驚動三省集中十萬軍隊來解決這馬夫。誰個人會注意這小小節目，誰個人想像得到人類歷史是用甚麼寫成的！

---

⑥ 癰疽（yōng jū），毒瘡。

⑦ 老一輩革命家賀龍有「兩把菜刀鬧革命」的英雄傳奇。

老伴

● 導讀

　　本文出自沈從文散文集《湘行散記》。這篇極富傳奇韻致的散文完全可以當作小說來讀。三個好朋友愛上了同一個女孩是小說《三個男人和一個女人》中的情節，絨線鋪的女孩名叫「翠翠」，最年輕的男孩叫「儺右」，又與《邊城》中的二老「儺送」的名字只有一字之差，沈從文似乎在有意無意地把小說與散文混在一起。其實，我們也不必過分羨慕作者手中有支五色筆，只因他見聞廣闊，有豐沛的經歷可以任意剪裁成文字。

　　絨線鋪小女孩十七年後的再度出現，是全篇高潮，幾乎所有讀者都會驚訝到說不出話來。也許這同樣不關作者的巧妙安排，而是時間和命運讓一切人工設計都變得平淡無奇。明慧溫柔的絨線鋪母女，就是站到時光河流之外的天上星辰，閱盡所有人世蒼涼後仍然「閃耀着柔和悅目的光明」，暗示着一切美好形態將永久流傳。

　　這篇散文更可以當作詩來讀。每當滿腔感懷無法僅用文字抒發時，搖船人的催櫓歌聲便適時出現了。這種抒情氣息的源頭或許可以追溯到兩千年前：當作者提及「出產香草香花的芷江縣」等湘西地名時，《楚辭》的美妙情景彷彿一點一點地復活了，眼前的浪漫迷離中完整保留了古老久遠的聲音，人的命運輪迴與歌的縹緲靈動似乎從未曾改變，也不會永遠停歇。

我平日想到瀘溪縣時，回憶中就浸透了搖船人催櫓歌聲，且為印象中一點小雨，彷彿把心也弄濕了。這地方在我生活史中佔了一個位置，提起來真使我又痛苦又快樂。

　　瀘溪縣城界於辰州與浦市兩地中間，上距浦市六十里，下達辰州也恰好六十里。四面是山，河水在山峽中流去。縣城位置在洞河與沅水匯流處，小河泊船貼近城邊，大河泊船去城約三分之一里。（洞河通稱小河，沅水通稱大河。）洞河來源遠在苗鄉，河口長年停泊了五十隻左右小小黑色洞河船。弄船者有短小精悍的花帕苗[①]，頭包花帕，腰圍裙子。有白面秀氣的所里[②]人，説話時溫文爾雅，一張口又善於唱歌。洞河既水急山高，河身轉折極多，上行船到此已不適宜於借風使帆。凡入洞河的船隻，到了此地，便把風帆約成一束，做上個特別記號，寄存於城中店鋪裏去，等待載貨下行時，再來取用。由辰州開行的沅水商船，六十里為一大站，停靠瀘溪為必然的事。浦市下行船若預定當天趕不到辰州，也多在此過夜。然而上下兩個大碼頭把生意全已搶去，每天雖有若干船隻到此停泊，小城中商業卻清淡異常。沿大河一方面，一個稍稍像樣的青石碼頭也沒有。船隻停靠皆得在泥灘頭與泥堤下，落了小雨，不知要滑倒多少人！

　　十七年前的七月裏，我帶了「投筆從戎」的味兒，在一個「龍頭大哥」而兼保安司令的領導下，隨同八百鄉親，乘了抓

名家散文必讀系列‧沈從文

---

①　花帕苗，此處指頭上包着花帕的苗族人。

②　所里，地名，即今湖南湘西土家族苗族自治州的首府，吉首市。

封得到的三十來隻大小船舶，浮江而下，來到了這個地方。靠岸停泊時正當傍晚，紫絳山頭為落日鍍上一層餘色，乳色薄霧在河面流動。船隻攏岸時，搖船人皆促櫓長歌，那歌聲糅合了莊嚴與瑰麗，在當前景象中，真是一曲不可形容的音樂。

第二天，大隊船隻全向下游開拔去了，拋下了三隻小船不曾移動。兩隻小船裝的是舊棉軍服，另一隻小船，卻裝了十三名補充兵，全船中人年齡最大的一個十九歲，極小的一個十三歲。

十三個人在船上實在太擠了點。船既不開動，天氣又正熱，擠在船上也會中暑發瘋，因此許多人白日盡光身泡在長河清流中，到了夜裏，便爬上泥堤去睡覺。一羣小子身上皆空無所有，只從城邊船戶人家討來一大束稻草，各自紮了一個草枕，在泥堤上仰面躺了五個夜晚。

這件事對於我個人不是一個壞經驗。躺在尚有些微餘熱的泥土上，身貼大地，仰面向天，看尾部閃放寶藍色光輝的螢火蟲匆匆促促飛過頭頂。沿河是細碎人語聲，蒲扇拍打聲，與煙桿剝剝地敲着船舷聲。半夜後天空有流星曳了長長的光明下墜。灘聲長流，如對歷史有所埋怨。這一種夜景，實在我終身不能忘掉的夜景！

到後落雨了，各人競上了小船。白日太長，無法排遣，各自赤了雙腳，冒着小雨，從爛泥裏走進縣城街上去。大街頭江西人經營的布鋪，鋪櫃中坐了白髮皤然[3]老婦人，莊

---

③　白髮皤然，形容頭髮很白的樣子。皤（pó），白色。

嚴沉默如一尊古佛。大老闆無事可做，只睏着肚皮，叉着兩手，把腳拉開成為八字，站在門限邊對街上簷溜出神。窄巷裏石板砌成的行人道上，小孩子扛了大而樸質的雨傘，響着寂寞的釘鞋聲。待到回船時，各人身上業已濕透，就各自把衣服從身上脫下，站在船頭相互幫忙擰去雨水。天夜了，便滿船是嗆人的油氣與柴煙。

在十三個夥伴中，我有兩個極要好的朋友：其中一個是我的同宗兄弟，年紀頂大，與那個在常德府開旅館，頭戴水獺皮帽子的朋友，原本同在一個衙門裏服務當差，終日栽花養魚，忽然對職務厭煩起來，把管他的頭目打了一頓，自己也被打了一頓，因此就與我們作了同伴。其次是那個年紀頂輕的，名字就叫「儺右」，一個成衣人的獨生子，為人伶俐勇敢，稀有少見。家中雖盼望他能承繼先人之業，他卻夢想做個上尉副官，頭戴金邊帽子，斜斜佩上紅色值星帶，以為十分寫意。因此同家中吵鬧了一次，負氣出了門。這小孩子年紀雖小，心可不小！同我們到縣城街上轉了三次，就看中了一個絨線鋪的女孩子，問我借錢向那女孩子買了三次白棉線草鞋帶子。他雖買了不少帶子，那時節其實連一雙多餘的草鞋都沒有。把帶子買得同我們回轉船上時，他且說：「將來若做了副官，當天賭咒，一定要回來討那女孩子做媳婦。」那女孩子名叫「翠翠」，我寫《邊城》故事時，弄渡船的外孫女，明慧溫柔的品性，就從那絨線鋪小女孩脫胎而來。我們各人對於這女孩子，印象似乎都極好，不過當時卻只有他一個人，特別勇敢天真些，好意思把那一點糊塗希望說出口來。

　　日子過去三年，我那十三個同伴，有三個人由駐防地的辰州請假回家去，走到瀘溪縣境驛路上，出了意外的事情，各被土匪砍了二十餘刀，流一灘血倒在大路旁死掉了。死去的三人中，有一個就是我那同宗兄弟。我因此得到了暫時還家的機會。

　　那時節軍隊正預備從鄂西開過四川就食，部隊中好些年輕人皆被遣送回籍。那司令官意思就在讓各人的父母負點責：以為一切是命的，不妨打發小孩子再歸營報到；擔心小孩子生死的，自然就不必再來了。

　　我於是與那個夥伴並其他一些年輕人，一同擠在一隻小船中，還了家鄉。小船上行到瀘溪縣停泊時，雖已黑夜，兩人還進城去拍打那人家的店門，從那個「翠翠」手中買了一次白帶子。

　　到家不久，這小子大約不忘卻做副官的好處，藉故說假期已滿，同成衣人爸爸又大吵了一架，偷了些錢，獨自走下辰州了。我因家中無事可做，不辭危險也坐船下了辰州。我到得辰州時，方知道本軍部隊四千人，業已於四天前全部開拔過四川，所有夥伴完全走盡了。我們已不能過四川，成為留守部人員了。留守部只剩下一個軍需官、一個老年副官長、一個跛腳副官，以及兩班老弱兵士。儺右被派作勤務兵，我的職務為司書生，兩人皆在留守部繼續供職。兩人既受那個副官長管轄，老軍官見我們終日坐在衙門裏梧桐樹下唱山歌，以為我們應找點事做做，就派遣兩人到城外荷塘裏去為他釣蛤蟆。兩人一面釣蛤蟆一面談天，我方知道他下行時居然又到那絨線鋪買了一次帶子。我們把蛤蟆從水蕩中釣

來，用麻線捆着那東西小腳，成串提轉衙門時，老軍官把一半熏了下酒，剩下一半還託同鄉捎回家中去給太太吃，我們這種工作一直延長到秋天，方換了另外一種。

過了一年，有一天，川邊來了個電報：部隊集中駐紮在一個小縣城裏，正預備拉夫派捐回湘，忽然當地切齒發狂的平民，發生了民變，各自拿了菜刀、鐮刀、撇麻刀來同軍隊作戰。四千軍隊在措手不及情形中，一早上放翻了三千左右。部中除司令官同一個副官僥倖脱逃外，其餘所有高級官佐職員全被民兵砍倒了。（事後聞平民死去約七千，半年內小城中隨處還可發現白骨。）這通電報在我命運上有了個轉機，過不久，我就領了遣散費，離開辰州，走到出產香草香花的芷江縣，每天拿了紫色木戳，過各處屠桌邊驗豬羊稅去了。所有八個夥伴已在川邊死去，至於那個同買帶子、同釣蛤蟆的朋友呢，消息當然從此也就斷絕了。

整整過去了十七年後，我的小船又在落日黃昏中，到了這個地方停靠下來。冬天水落了些，河水去堤岸已顯得很遠，裸露出一大片乾枯泥灘。長堤上有枯葦刷刷作響，陰背地方還可看到些白色殘雪。

石頭城恰當日落一方，雉堞[4]與城樓皆為夕陽落處的黃天，襯出明明朗朗的輪廓。每一個山頭仍然鍍上了金，滿河是櫓歌浮動。（就是那使我靈魂輕舉，永遠讚美不盡的歌

---

④　雉堞（zhì dié），古代在城牆上面修築的矮而短的牆，守城的人可藉以掩護自己。

聲！）我站在船頭，思索到一件舊事，追憶及幾個舊人。黃昏來臨，開始佔領了這個空間。遠近船隻全只剩下一些模糊輪廓，長堤上有一堆一堆人影子移動，鄰近船上炒菜落鍋聲音與小孩哭聲雜然並陳。忽然間，城門邊響了一聲小鑼，鐺……

　　一雙發光烏黑的眼珠，一條直直的鼻子，一張小口，從那一槌小鑼聲中重現出來。我忘了這份長長歲月在人事上所生的變化，恰同小說書本上角色一樣，懷了不可形容的童心，上了堤岸進了城。城中接瓦連椽的小小房子，以及住在這小房子裏的人民，我似乎與他們皆十分相熟。時間雖已過了十七年，我還能認識城中的道路，辨別城中的氣味。

　　我居然沒有錯誤，不久就走到了那絨線鋪門前了。恰好有個船上人來買棉線，當他推門進去時，我緊跟着進了那個鋪子。有這樣希奇的事情嗎？我見到的不正是那個「翠翠」嗎？我真驚訝得説不出話來。十七年前那小女孩就成天站在鋪櫃裏一堵棉紗邊，兩手反覆交換動作挽她的棉線，目前我所見到的，還是那麼一個樣子。難道我如浮士德一樣，當真回到了那個「過去」了嗎⑤？我認識那眼睛、鼻子，和薄薄的小嘴。我毫不含糊，敢肯定現在的這一個就是當年的那一個。

　　「要甚麼呀？」就是那聲音，也似乎與我極其熟習。

---

⑤　歌德詩劇《浮士德》中的情節。浮士德與魔鬼達成協議，把靈魂賣給魔鬼；而魔鬼則讓浮士德重返青春，去實現自己的夢想。

我指定懸在鉤上一束白色東西，「我要那個！」

如今真輪到我這老軍務來購買繫草鞋的白棉紗帶子了！當那女孩子站在一個小凳子上，去為我取鉤上貨物時，鋪櫃裏火盆中有茶壺沸水聲音，某一處有人吸煙聲音。女孩子辮髮上纏的是一絡白絨線，我心想：「死了爸爸還是死了媽媽？」火盆邊茶水沸了起來，一堆棉紗後面有個男子啞聲說話：

「小翠，小翠，水開了，你怎麼的？」女孩子雖已即刻跳下凳子，把水罐挪開，那男子卻仍然走出來了。

真沒有再使我驚訝的事了，在黃暈暈的燈光下，我原來又見到了那成衣人的獨生子，這人簡直可說是一個老人，很顯然的，時間同鴉片煙已毀了他。但不管時間同鴉片煙在這男子臉是刻下了甚麼記號，我還是一眼就認定這人便是那一再來到這鋪子裏購買帶子的儺右。從他那點神氣看來，卻決猜不出面前的主顧，正是同他釣蛤蟆的老伴。這人雖作不成副官，另一糊塗希望可被他達到了。我憬然[6]覺悟他與這一家人的關係，且明白那個似乎永遠年青的女孩子是誰的兒女了。我被「時間」意識猛烈地摑了一巴掌，摩摩我的面頰，一句話不說，靜靜地站在那兒看兩父女度量帶子，驗看點數我給他的錢。完事時我想多停頓一會兒，又買了點白糖。他們雖不賣白糖，老伴卻出門為我向別一鋪子把糖買來。他們

⑥　憬然，醒悟的樣子。

名家散文必讀系列・沈從文

那份安於現狀的神氣，使我覺得若用我身份驚動了他，就真是我的罪過。

我拿了那個小小包兒出城時，天已斷黑，在泥堤上亂走。天上有一粒極大星子，閃耀着柔和悅目的光明。我瞅定這一粒星子，目不旁瞬。

「這星光從空間到地球據說就得三千年，閱歷多些，它那麼鎮靜有它的道理。我能那麼鎮靜嗎？……」

我心中似乎極其騷動，我想我的騷動是不合理的。我的腳正踏到十七年前所躺臥的泥堤上，一顆心跳躍着，勉強按捺也不能約束自己。可是，過去的，有誰能攔住不讓它過去，又有誰能制止不許它再來？時間使我的心在各種變動人事上感受了點分量不同的壓力，我得沉默，得忍受。再過十七年，安知道我不再到這小城中來？

為了這再來的春天，我有點憂鬱，有點寂寞。黑暗河面起了快樂的櫓歌，河中心一隻商船正想靠碼頭停泊，歌聲在黑暗中流動，從歌聲裏我儼然悟了甚麼。我明白「我不應當翻閱歷史，溫習歷史」。在歷史前面，誰人能夠不感惆悵？

但我這次回來為的是甚麼？自己詢問自己，我笑了。我還願意再活十七年，重來看看我能看到的一切。

常德的船

導讀

本文出自沈從文的散文集《湘西》，曾於 1938 年 8 月 25 日至 11 月 17 日連載於香港的《大公報·文藝》，1939 年 8 月由商務印書館出版單行本。《湘西》是沈從文抗戰後返鄉的沉思錄，各篇多以「常德的船」、「辰溪的煤」、「白河流域的幾個碼頭」為描寫對象，描述湘西各地最具特色的物產人情，並討論湘西的民族性。

很多讀者都讀過陶淵明的《桃花源記》，常德就是其中的武陵。本文讓我們看到了一個現代「桃花源」與武陵人新貌，雖然不復是「怡然自樂」的仙境，卻充滿了鮮活的人間生氣。

此篇以「船」為題，自辰河「畢業」的沈從文好像已把每條河的脾氣都摸透了，船的特徵、船上的水手、岸上的民情被他織成讓人讀得津津有味的長篇敍述。他對形形色色的船如數家珍：「三桅大方頭船」（鹽船）、「烏江子」（運糧食）、「洪江油船」（運貨物）、「白河船」、「辰溪船」（「廣舶子」）、「洞河船」、「麻陽船」、「桃源划子」等。而描寫船實際上是為了烘托船上的人，河流的特點、船的形狀與人的性情之間有着奇妙的對應關係。「白河船」行駛於極險的酉水灘流，自然條件惡劣，水手的脾氣也比較急躁；「洞河船」因河牀多亂石底子，河水猛，水手故安靜沉默；

「麻陽船」與麻陽人的性格一樣，極有生氣與活力；「桃源划子」
與沅水至桃源縣之後變成一片平潭有關，水手性格隨和馬虎。

　　此外一些白描片斷，如「洪江油船」上的船主的神氣、水手
的強壯也充滿畫面感，讓人過目不忘。

常德就是武陵，陶潛的《搜神後記》①上《桃花源記》說的漁人老家，應當擺在這個地方。德山在對河下游，離城市二十餘里，可說是當地唯一的山。汽車也許停德山站，也許停縣城對河另一站。汽車不必過河，車上人卻不妨過河，看看這個城市的一切。地理書上告給人說這裏是湘西一個大碼頭，是交換出口貨與入口貨的地方。桐油、木料、牛皮、豬腸子和豬鬃毛，煙草和水銀，五倍子②和鴉片煙，由川東、黔東、湘西各地用各色各樣的船隻裝載到來，這些東西全得由這裏轉口，再運往長沙、武漢的。子鹽、花紗、布匹、洋貨、煤油、藥品、麵粉、白糖，以及各種輕工業日用消耗品和必需品，又由下江輪駁運到，也得從這裏改裝，再用那些大小不一的船隻，分別運往沅水各支流上游大小碼頭去卸貨的。市上多的是各種莊號。各種莊號上的坐莊人，便在這種情形下，成天如一個磨盤，一種機械，為職務來回忙。郵政局的包裹處，這種人進出最多。長途電話的營業處，這種坐莊人是最大主顧。酒席館和妓女的生意，靠這種坐莊人來維持。

除了這種繁榮市面的商人，此外便是一些寄生於湖田的小地主，作過知縣的小紳士，各縣來的男女中學生，以及外省來的參加這個市面繁榮的掌櫃、夥計、烏龜、王八③。全市

---

① 陶潛，即陶淵明（約 365—427），東晉著名詩人、文學家。《搜神後記》據說為陶淵明作的一本文言小說集。

② 五倍子，一種藥材，可以治療多種疾病。

③ 烏龜、王八，罵人的話，泛指開設妓院或在妓院裏做雜事的男子。

人口過十萬，街道延長近十里，一個過路人到了這個城市中時，便會明白這個湘西的咽喉，真如所傳聞，地方並不小，可是卻想不到這咽喉除吐納貨物和原料以外，還有些甚麼東西；做這種吐納工作，責任大，工作忙，性質雜，又是些甚麼人。假若一旦沒有了他們，這城市會不會忽然成為河邊一個廢墟？這種人照例觸目可見，水上、城裏無一不可以碰頭，卻又最容易為旅行者所疏忽。我想說的是真正在控制這個咽喉，支配沅水流域的幾萬船戶。

這個碼頭真正值得注意令人驚奇處，實也無過於船戶和他所操縱的水上工具了。要認識湘西，不能不對他們先有一種認識。要欣賞湘西地方民族特殊性，船戶是最有價值材料之一種。

一個旅行者理想中的武陵，漁船應當極多。到了這裏一看，才知道水面各處是船隻，可是卻很不容易發現一隻漁船。長河兩岸浮泊的大小船隻，外行人一眼看去，只覺得大同小異，事實上形制複雜不一，各有個性，代表了各個地方的個性。讓我們從這方面來多知道一點點，對於我們也許有些便利處。

船隻最觸目的三桅大方頭船，這是個外來客，由長江越湖來的，運鹽是它主要的職務。它大多數只到此為止，不會向沅水上游走去。普通人叫它做「鹽船」，名實相符。船家叫它做「大鰍魚頭」，《金陀粹編》④上載岳飛在洞庭湖水擒

---

④ 《金陀粹編》，一部有關岳飛傳記資料的匯編，編者為南宋人岳珂。

楊么[5]故事，這名字就見於記載了，名字雖俗，來源卻很古。這種船隻大多數是用烏油漆過，所以顏色多是黑的。這種船按季候行駛，因為要大水大風方能行動。杜甫詩上描繪的「洋洋萬斛船，影若揚白虹」，也許指的就是這種水上東西。

比這種鹽船略小，有兩桅或單桅，船身異常秀氣，頭尾突然收斂，令人入目起尖銳印象，全身是黑的，名叫「烏江子」。它的特長是不怕風浪，運糧食越湖。它是洞庭湖上的競走選手。形體結構上的特點是桅高、帆大、深艙、銳頭。蓋艙篷比船身小，因為船舷外還有護艙板。弄船人同船隻本身一樣，一看很乾淨，秀氣斯文。行船既靠風，上下行都使帆，所以帆多整齊。船上用的水手不多，僅有的水手會拉篷、搖櫓、撐篙，不會盪槳——這種船上便不常用槳。放空船時婦女還可代勞掌舵。這種船間或也沿河上溯，數目極少，船身材料薄，似不宜於冒險。這種船在沅水流域也算是外來客。

在沅水流域行駛，表現得富麗堂皇、氣象不凡，可稱為巨無霸的船隻，應當數「洪江油船」。這種船多方頭高尾，顏色鮮明，間或且有一點金漆裝飾。尾梢有舵樓，可以安置家眷。大船下行可載三四千桶桐油，上行可載兩千件棉花，或一票食鹽。用櫓手二十六人到四十人，用縴手三十人到六七十人。必待春水發後方上下行駛，路線係往返常德和洪江。每年水大至多上下三五回，其餘大多時節都在休息

[5] 楊么（1108—1135），湖南人，南宋初年農民起義領袖。

中，成排結隊停泊河面，儼然是河上的主人。船主照例是麻陽人，且照例姓滕，善交際，禮數清楚。常與大商號中人拜把子，攀親家。行船時站在船後檀木舵把邊，莊嚴中帶點從容不迫神氣，口中含了個竹馬鞭短煙管，一面看水，一面吸煙。遇有身份的客人搭船，喝了一杯酒後，便向客人一五一十敘述這隻油船的歷史，載過多少有勢力的軍人、闊佬，或名馳沅水流域的妓女。換言之，就是這隻船與當地「歷史」發生多少關係！這種船隻上的一切東西，無一不巨大堅實。船主的裝束在船上時看不出甚麼特別處，上岸時卻穿長袍（下腳過膝三四寸），罩青羽綾馬褂，戴呢帽或小緞帽，佩小牛皮抱肚，用粗大銀鏈繫定，內中塞滿了銀元。穿生牛皮靴子，走路時踏得很重。個子高高的，瘦瘦的。有一雙大手，手上滿是黃毛和青筋。會喝酒，打牌，且豪爽大方，吃花酒應酬時，大把銀元、鈔票從抱肚掏出，毫不吝嗇。水手多強壯勇敢，眉目精悍，善唱歌、洇水、打架、罵野話。下水時如一尾魚，上岸接近婦人時像一隻小公豬。白天弄船，晚上玩牌，同樣做得極有興致。船上人雖多，卻各有所事，從不紊亂。艙面永遠整潔如新。拔錨開頭時，必擂鼓敲鑼，在船頭燒紙燒香，煮白肉祭神，燃放千子頭鞭炮，表示人神和樂，共同幫忙，一路福星。在開船儀式與行船歌聲中，使人想起兩千年前《楚辭》[6]發生的原因，現在還好好

---

[6] 《楚辭》，戰國時代屈原作的一部詩歌集，多反映楚地（今湖南一帶）的風俗文化。其中有很多關於鬼神和祭祀的內容，充滿神祕瑰麗的色彩。

地保留下來，今古如一。

　　比洪江油船小些，形式彷彿也較笨拙些（一般船隻用木板作成，這種船竟像用木柱作成），平頭大尾，一望而知船身十分堅實，有鬥拳師的神氣，名叫「白河船」。白河即酉水的別名。這種船隻即行駛於沅水由常德到沅陵一段，酉水由沅陵到保靖一段。酉水灘流極險，船隻必經得起磕撞。船隻必載重方能壓浪，因此尾部如臀，大而圓。下行時在船頭縛大木橈兩把，木橈的用處是船隻下灘、轉頭時比舵切於實際。照水上人俗諺說：「三槳不如一篙，三櫓不如一橈。」「橈」讀作「招」。酉水淺而急，不常用櫓，篙槳用處多，因此篙多特別長大，槳較粗碩，肥而短。船篷用粽子葉編成，不塗油。船主多永順、保靖人，姓向、姓王、姓彭佔多數。酉水河牀窄，灘流多，為應付自然，弄船人所需要的勇敢能耐也較多。行船時常用相互詛罵代替共同唱歌，為的是受自然限制較多，脾氣比較壞一點。酉水是傳說中古代藏書洞穴所在地，多的是高大宏敞、充滿神祕的洞穴。由沅陵起到酉陽止，沿酉水流域的每個縣份總有幾個洞穴。可是如沅陵的大酉洞、保靖的獅子洞、酉陽的龍洞，這些洞穴縱有書籍也早已腐爛了。到如今這條河流最多的書應當是寶慶紙客販賣的石印本曆書，每一條船上照例都有一本皇曆。船家禁忌多，曆書是他們行動的寶貝。河水既容易出事情，個人想減輕責任，因此凡事都儼然有天作主，由天處理，照書行事，比較心安，也少糾紛，酉水流域每個縣份的船隻，在形式上又各不相同，不過這些小船不出白河，在常德能看到的白河油船，形體差不多全是一樣。

沅水中部的辰溪縣，出白石灰和黑煤，運載這兩種東西的本地船叫做「辰溪船」，又名「廣舶子」。它的特點和上述兩種船隻比較起來，顯得材料脆薄而缺少個性。船身多是淺黑色，形狀如土布機上的梭子，款式都不怎麼高明。下行多滿載一些不值錢的貨物，上行因無回頭貨便時常放空。船身髒，所運貨物又少時間性，滿載下駛，危險性多，搭客不歡迎，因之弄船人對於清潔時間就不甚關心。這種船上的蓆篷照例是不大完整的，布帆是破破碎碎的，給人印象如一個破落戶。弄船人因閒而懶，精神多顯得萎靡不振。

洞河（即瀘溪）發源於乾城苗鄉大小龍洞，和鳳凰苗鄉烏巢河。兩條小河在乾城縣的所里市相匯。向東流，到瀘溪縣，方和沅水同流。在這條河裏的船就叫「洞河船」。河源由苗鄉梨林地方兩個洞穴中流出，河牀是亂石底子，所以水質特別清，水性特別猛。船身必須從撞磕中掙扎，河身既小，船身也較輕巧。船舷低而平，船頭窄窄的。在這種船上水手中，我們可以發現苗人。不過見着他時我們不會對他有何驚奇，他也不會對我們有何驚奇。這種人一切和別的水上人都差不多，所不同處，不過是他那點老實、忠厚、純樸、戇直⑦性情——原人的性情，因為住在山中，比城市人保存得多點罷了。乾城人極聰明文雅，小手小腳小身材，唱山歌時嗓子非常好聽，到碼頭邊時可特別沉默安靜。船隻太小了，不常有機會到這大碼頭邊靠船。這種船停泊在河面時似

---

⑦　戇（zhuàng）直，憨厚而剛直。

乎很羞怯，正如水手們上街時一樣羞怯。

乾城用所里作本縣吐納貨物的水碼頭。地方雖不大，小小石頭城卻很整齊乾淨，且出了幾個近三十年來歷史上有名姓的人物。段祺瑞時代的陸軍總長傅良佐將軍，是生長在這個小縣城裏的。東北軍宿將，國內當前軍人中稱戰術權威的楊安銘將軍，也是這地方人。

在河上顯得極活動，極有生氣，而且數量極多的，是普通的中型「麻陽船」。這種船頭尾高舉，秀拔而靈便。這種船隻的出處是麻陽河（即辰溪）。每隻船上都可見到婦人、孩子、童養媳，弄船人一面擔負商人委託的事務，一面還擔負上帝派定的工作，兩方面都異常稱職。沅水流域的轉運事業，大多數由這地方人支配，人口繁榮的結果，且因此在常德城外多了一條麻陽街。「一切成功都必須爭鬥」，這原則也可用作麻陽街的說明。據傳說，這條街是個姓滕的水手雙拳打出來的。我們若有興趣特意到那條街上走走，可知道開小鋪子的、做理髮店生意的、賣船上傢伙的、經營皮肉生涯的，全是麻陽人。我們就會明白，原來參加這種爭鬥，每人都有一份。麻陽人的精力絕倫處，或者與地方出產有點關係。麻陽出各種橘子，糯米亦極好，作甜酒特別相宜。人口加多，船隻也越來越多，因此沅水水面的世界，一大半是麻陽人的。大凡船隻停靠處，都有叫「鄉親」的麻陽人。鄉親所得的便利極多，平常外鄉人，坐船時於是都叫麻陽人作「鄉親」。鄉親的特點是面目精悍而性情快樂，作水手的都能吃、能做、能喝、能打架。船主上岸時必裝扮成為一個小鄉紳，如駕洪江油船的大老闆一樣穿袍穿褂，着生牛皮盤雲

長筒釘靴，戴有皮封耳的氈帽或博士帽，手指套上分量沉重的金戒指，皮抱肚裏裝上許多大洋錢，短煙管上懸個老虎爪子，一端還鑲包一片鏤花銀皮。見人就請教仙鄉何處，貴府貴姓。本人大多數姓滕，名字「代富」、「宜貴」。對三十年來的本省政治，比起任何地方船主都熟習，都關心。歡喜講禮教，臧否人物，且善於稱引經典格言和當地俗諺，作為談天時章本。恭維客人時必從恭維上增多一點收入，被客人恭維時便稱客人為「知己」，笑嘻嘻地請客人喝酒。婦女在船上不特[8]對於行船毫無妨礙，且常常是一個好幫手。婦女多壯實能幹，大腳大手，善於生男育女。

麻陽人中另外還有一雙值得稱讚的手，在湘西近百年實無匹敵，在國內也是一個少見的藝術家，是塑像師張秋潭那雙手。

在常德水碼頭，船隻極小，漂浮水面如一片葉子，數量之多如淡乾魚，是專載客人用的「桃源划子」。木商與煙販、上下辦貨的莊客、過路的公務員、放假的男女學生，同是這種小船的主顧。船身既輕小，上下行的速度較之其他船隻快過一倍，下灘時可從邊上小急流走，絕不會出事。在平潭中且可日夜趕程，不會受關卡留難。因此在有公路以前，這種小小船隻實為沅水流域交通利器。弄船人工作不需如何緊張，開銷又少，收入卻較多。裝載客人且多闊佬，同時桃源縣人的性格又特別隨和（沅水一到桃源後就變成一片平

---

⑧　不特，不只、不僅。

潭，再無惡灘急流，自然影響到水上人性情很大），所以弄船人脾氣就馬虎得多，很多是「癮君子」，白天弄船，晚上便靠燈。有些家中人說不定還留在縣裏，經營一種不必要本錢的職業，分工合作，都不閒散。且能做客人嚮導，帶訪桃源洞的客人到所要到的新奇地方去。

在沅水流域上下行駛，停泊到常德碼頭應當稱為「客人」的船隻，共有好幾種，有從芷江上游黔東玉屏來的，有從麻陽河上游黔東銅仁來的，有從白河上游川東龍潭來的。玉屏船多就洪江轉口，下行不多。龍潭船多從沅陵換貨，下行不多。銅仁船裝油城下行的，有些莊號在常德，所以常直放常德。船隻最引人注意處是顏色黃明照眼，式樣輕巧，如競賽用船。船頭船尾細狹而向上翹舉，艙底平淺，材料脆薄，給人視覺上感到靈便與愉快，在形式上可謂秀雅絕倫。弄船人語言清婉，裝束素樸，有些水手還穿齊膝的長衣，裹白頭巾，風度整潔和船身極相稱。船小而載重，故下行時船舷必縛茅束擋水。這種船停泊河中，彷彿極其謙虛，一種作客應有的謙虛。然而比同樣大小的船隻都整齊，一種作客不能不注意的整齊。

此外常德河面還有一種船隻，數量極多，有的時常移動，有的又長久停泊。這些船的形式一律是方頭、方尾、無桅、無舵。用木板作艙壁，開小小窗子，木板作頂。有些當作船主的金屋，有些又作逋⑨逃者的窟穴。船上有招納水手

名家散文必讀系列‧沈從文

⑨　逋（bū），逃亡。

客人的本地土娼，有賣煙和糖食、小吃、豬蹄子、粉麵的生意人。此外算命賣卜的，圓光關亡[10]的，無不可以從這種船上發現。船家做壽成親，也多就方便借這種水上公館舉行。因此，一遇黃道吉日，總是些張燈結綵，響器聲、弦索聲、大小炮仗聲、划拳歌呼聲，點綴水面熱鬧。

常德縣城本身也就類乎一隻旱船，女作家丁玲、法律家戴修瓚、國學家余嘉錫，都是這隻旱船上長大的。較上游的河堤比城中高得多，漲水時水就到了城邊，決堤時城四圍便是水了。常德沿河的長街，街市上大小各種商鋪，不下數千家，都與水手有直接關係。雜貨店鋪專賣船上用件及零用物，可說是它們全為水手而預備的。至如油鹽、花紗、牛皮、煙草等等莊號，也可說水手是為它們而有的。此外如茶館、酒館和那經營最素樸職業的戶口，水手沒有它不成，它沒水手更不成。

常德城內一條長街，鋪子門面都很高大（與長沙鋪子大同小異近於誇張），木料不值錢，與當地建築大有關係。地方濱湖，河堤另一面多平田澤地，產魚蝦、蓮藕，因此魚棧、蓮子棧延長了長街數里。多清真教門，因此牛肉特別肥鮮。

常德沿沅水上行九十里，才到桃源縣，再上行二十五里，方到桃源洞。千年前武陵漁人如何沿溪走到桃花源[11]，這

────────

⑩　圓光關亡，皆為民間法術。「圓光」類似扶乩；「關亡」為招魂。

⑪　東晉詩人、文學家陶淵明所作的《桃花源記》中的情節。

路線尚無好事的考古家說起。現在想到桃源訪古的風雅人，大多數只好坐公共汽車去，到過了桃源，興趣也許在彼而不在此，留下印象較深刻的東西，不是那個傳說的洞穴，倒是另外一些傳說所不載的較新洞穴。在桃源縣想看到老幼「黃髮垂髫」、「怡然自樂」的光景，並不容易。不過或者因為歷史的傳統，地方人倒很和氣，保存一點古風。也知道歡迎客人，殺雞作黍，留客住宿。雖然多少得花點錢，數目並不多。可是一個旅行者應當知道，這些人贈送遊客的禮物，有時不知不覺太重了點，最好倒是別大意，莫好奇，更不要因為記起宋玉所賦的高唐神女[12]，劉晨、阮肇天台所遇的仙女[13]，想從經驗中去證實故事。換言之，不妨學個「老江湖」，少生事！當地縱多神女仙女，可並不是為外來讀書人、遊客預備的，沅水流域的木竹簰商人是唯一受歡迎者。好些極大的木竹簰，到桃源後不久就無影無蹤不見了，照俚話所說，是「進了桃源的洞穴」的。

政治家宋教仁、老革命黨覃振，同是桃源縣人。桃源縣有個省立第二女子師範學校，「五四」運動談男女解放平等，最先要求男女同校，且實現它，就是這個學校的女學生。

---

⑫ 戰國宋玉（公元前 298—公元前 222）曾作《高唐賦》、《神女賦》，記述楚懷王遊高唐，與巫山神女相愛之事。

⑬ 此典故出自南朝劉義慶（403—444）《幽明錄》，記述漢代人劉晨、阮肇到天台山採藥，遇到兩位仙女並結為夫婦的故事。

沅陵的人

導讀

    本文亦出自沈從文的散文集《湘西》。走在從常德到沅陵的路上，如同走進了宋院畫或《楚辭》的意境中，而比這番絕美風光更值得讚歎的則是腳下的道路，以及在崇山峻嶺間修路的鄉下人。正是那些沉默着克服一切困難、擔負着份內事情的勞動者完成了如此偉大的工作，沈從文從中發掘出了湘西民眾勤儉耐勞的品格，看到了未來與希望。作為從湘西走出的「地之子」，沈從文是抱着重塑鄉土人格的目的來打量這裏的風光人情的，這使《湘西》與普通的遊記有着明顯區別。

    關注完了民情中「常」的部分之後，作者又把筆觸轉向了對「奇」的搜求。辰州符、趕屍的傳説讓外鄉人充滿獵奇心理，而比這些帶有荒誕色彩的傳説更讓人好奇心滋長的，則是沅陵女子擔負了男子能做的一切勞役，且在終日勞作同時仍然保持着女子整潔愛美的天性。讀着她們的故事，恍然間像是走進了《鏡花緣》中的女兒國。

    雖然是散文，但沈從文幾乎是用寫小説的傳奇法來勾畫這裏的人物性情，文章後半部分穿插的幾個浪漫故事簡直就是現成的小説原料：夭夭不做成衣店學徒的媳婦而願做土匪團長的壓寨夫人；虔誠的寡婦與苦修的和尚二十年如一日的敬心誠意。甚至伏

波宮的烏鴉、城裏不求聞達的老紳士等等，均是小説的好材料。各種令人眼花繚亂的故事告訴讀者：這是一個美妙的湘西世界，假設沒有此地大片白華朱實的橘柚林，就算是大詩人屈原的《橘頌》也會成為無本之木。沈從文讚揚這裏培植浪漫想像的環境，如同他對過渡的婦女來回跑五六十里艱險水路，只為上城換取一些紅綠紙張與香燭回家做土地會的仰視與欽佩，這裏的人們看似並無用處的日常行為，卻充滿了美感、信仰與理想，從而釀就了湘西人格中的詩意。

　　由常德到沅陵，一個旅行者在車上的感觸，可以想像得到，第一是公路上並無苗人，第二是公路上很少聽説發現土匪。

　　公路在山上與山谷中盤旋轉折雖多，路面卻修理得異常良好，不問晴雨都無妨車行。公路上的行車安全的設計，可看出負責者的最大努力。旅行的很容易忘了車行的危險，樂於讚歎自然風物的美秀。在自然景致中見出宋院畫 ① 的神采奕奕處，是太平鋪過河時入目的光景。溪流縈迴，水清而淺，在大石細沙間漱流。羣峯競秀，積翠凝藍，在細雨中或陽光下看來，顏色真無可形容。山腳下一帶樹林，一些儼如有意為之，佈局恰到好處的小小房子，繞河洲樹林邊一灣溪水，一道長橋，一片煙。香草山花，隨手可以掇拾。《楚辭》中的山鬼、雲中君 ②，彷彿如在眼前。上官莊的長山頭時，一個山接一個山，轉折頻繁處，神經質的婦女與懦弱無能的男子，會不免覺得頭目暈眩。一個常態的男子，便必然對於自然的雄偉表示讚歎，對於數年前裹糧負水來在這高山峻嶺修路的壯丁，表示敬仰和感謝。這是一羣沒滅無聞、沉默不語、真正的戰士！每一寸路都是他們流汗做成的。他們有的從百里以外小鄉村趕來，沉沉默默地在派定地方擔土、打石頭，三五十人躬着腰肩，共同拉着個大石滾子碾壓路面，淋雨、挨餓，忍受各式各樣虐待，完成了分派到頭上的工作。

---

① 　宋院畫，即宋翰林圖畫院的繪畫。多為宮廷畫家所作，講究法度，風格華麗。

② 　山鬼、雲中君皆為屈原《九歌》中的神名，分別是山神和雲神。

把路修好了，眼看許多的各色各樣、希奇古怪的物件吼着、叫着走過了。這些可愛的鄉下人，知道事情業已辦完，笑笑的，各自又回轉到那個想像不到的小鄉村裏過日子去了。中國幾年來一點點建設基礎，就是這種無名英雄做成的。他們甚麼都不知道，可是所完成的工作卻十分偉大。

單從這條公路的堅實和危險工程看來，就可知道湘西的民眾，是可以為國家完成任何偉大理想的。只要領導有人，交付他們更困難的工做，也可望辦得很好。

看看沿路山坡桐茶樹木那麼多，桐茶山整理得那麼完美，我們且會明白這個地方的人民，即或無人領導，關於求生技術，各憑經驗在不斷努力中，也可望把地面征服，使生產增加。

只要在上的不過分苛索他們，魚肉他們，這種勤儉耐勞的人民，就不至於鋌而走險，發生問題。可是若到任何一個停車處，試同附近鄉民談談，我們就知道那個「過去」是種甚麼情形了。任何捐稅，鄉下人都有一份。保甲在糟踏鄉下人這方面的努力，成績真極可觀！然而促成他們努力的動機，卻是照習慣把所得繳一半，留一半。然而負責的注意到這個問題時，就說「這是保甲的罪過」，從不認為是「當政的恥辱」。負責者既不知如何負責，因此使地方進步永遠成為一種空洞的理想。

然而這一切都不妨說已經成為過去了。

車到了官莊交車處，一列等候過山的車輛，靜靜地停在那路旁空闊處，說明這公路行車秩序上的不苟。雖在軍事狀

態中，軍用車依然受公路規程轄制，不能佔先通過，此來彼往，秩序井然，這條公路的修造與管理統由一個姓周的工程師負責。

車到了沅陵，引起我們注意處，是車站邊挑的，抬的，負荷的，推挽的，全是女子。凡其他地方男子所能做的勞役，在這地方統由女子來做。公民勞動服務也還是這種女人，公路車站的修成，就有不少女子參加。工作既敏捷，又能幹。女權運動者在中國二十年來的運動，到如今在社會上露面時，還是得用「夫人」名義來號召，並不以為可羞。而且大家都集中在大都市，過着一種腐敗生活。比較起這種女勞動者把流汗和吃飯打成一片的情形，不由得我們不對這種人充滿尊敬與同情。

這種人並不因為終日勞作就忘記自己是個婦女，女子愛美的天性依然還好好保存。胸口前的扣花裝飾，褲腳邊的扣花裝飾，是勞動得閒在茶油燈光下做成的。（圍裙扣花工作之精和設計之巧，外路人一見無有不交口稱讚。）這種婦女日常工作雖不輕鬆，衣衫卻整齊清潔。有的年紀已過了四十歲，還與同伴競爭兜攬生意。兩角錢就為客人把行李背到河邊渡船上，跟隨過渡，到達彼岸，再為背到落腳處。外來人到河碼頭渡船邊時，不免十分驚訝，好一片水！好一座小小山城！尤其是那一排渡船，船上的水手，一眼看去，幾乎又全是女子，過了河，進得城門，向長街走走，就可見到賣菜的、賣米的、開鋪子的、做銀匠的，無一不是女子。再沒有另一個地方女子對於參加各種事業、各種生活，做得那麼普

通、那麼自然了。看到這種情形時，真不免令人發生疑問：一切事幾幾乎都由女子來辦，如《鏡花緣》^③ 一書上的女兒國現象了。本地的男子，是出去打仗，還是在家納福^④ 看孩子？

不過一個旅行者自覺已經來到辰州時，興味或不在這些平常問題上。辰州地方是以辰州符馳名的，辰州符的傳說奇跡中又以趕屍著聞。公路在沅水南岸，過北岸城裏去，自然盼望有機會弄明白一下這種老玩意兒。

可是旅行者這點好奇心會受打擊。多數當地人對於辰州符都莫名其妙，且毫無興趣，也不怎麼相信。或許無意中會碰着一個「大」人物，體魄大，聲音大，氣派也好像很大。他不是姓張，就是姓李（他應當姓李！），會告你辰州符的靈跡，就是用刀把一隻雞頸脖紮斷，把它重新接上，噀^⑤一口符水，向地下拋去，這隻雞即刻就會跑去；撒一把米到地上，這隻雞還居然趕回來吃米！

你問他：「這事曾親眼見過嗎？」他一定說：「當真是眼見的事。」或許慢慢地想一想，你便也會覺得同樣是在甚麼地方親眼見過這件事了。原來五十年前的甚麼書上，就這麼說過的。這個大人物是當地著名會說大話的。世界上甚麼事都好像知道得清清楚楚，只不大知道自己說話是假的還是真

---

③ 《鏡花緣》，清代李汝珍（1763—1830）所作的長篇小說，裏面提到了一個女兒國，從皇帝到輔臣都是女子。

④ 納福，享受福分。

⑤ 噀（xùn），（把水）含在口中而噴出。

的；是書上有的，還是自己造作的。多數本地人對於「辰州符」是個甚麼東西，照例都不大明白的。

對於趕屍傳說呢，說來實在動人。凡受了點新教育，血裏骨裏還浸透原人迷信的外來新紳士，想滿足自己的荒唐幻想，到這個地方來時，總有機會溫習一下這種傳說。紳士、學生、旅館中人，儼然因為生在當地，便負了一種不可避免的義務，又如為一種天賦的幽默同情心所激發，總要把它的神奇處重述一番。或說朋友親戚曾親眼見過這種事情，或說曾有誰被趕回來。其實他依然和客人一樣，並不明白，也不相信，客人不提起，他是從不注意這個問題的。客人想「研究」它（我們想像得出有許多人最樂於研究它的），最好還是看《奇門遁甲》⑥，這部書或者對他有一點幫助，本地人可不會給他多少幫助。本地人雖樂於答覆這一類傻不可言的問題，卻不能說明這事情的真實性。就中有個「有道之士」，姓闞，當地人統稱之為闞五老，年紀將近六十歲，談天時精神猶如一個小孩子。據說十五歲時就遠走雲貴，跟名師學習過這門法術。作法時口訣並不希奇，不過是唸文天祥的《正氣歌》罷了。死人能走動便受這種歌詞的影響。辰州符主要的工具是一碗水，這個有道之士家中神主前便陳列了那麼一碗水，據說已經有了三十五年，碗裏水減少時就加添一點。一切病痛統由這一碗水解決。一個死屍的行動，也

---

⑥　《奇門遁甲》，講述術數的書，以易經八卦為基礎，也是中國神祕文化的一個門類。

得用水迎面地噀。這水且能由渾濁與沸騰表示預兆，有人需要幫忙或家事吉凶的預兆，登門造訪者若是一個讀書人，一個教授，他把這一碗水的妙用形容得將更驚心動魄。使他舌底翻蓮的原因，或者是他自己十分寂寞，或者是對於客人具有天賦同情，所以常常把書上沒有的也說到了。客人要老老實實發問：「五老，那你看過這種事了？」他必裝做很認真神氣說：「當然的。我還親自趕過！那是我一個親戚，在雲南做官，死在任上，趕回湖南，每天為死者換新草鞋三雙，到得湖南時，死人腳趾頭全走脱了。只是功夫不練就不靈，早丟下了。」至於為甚麼把它丟下，可不說明。客人目的在「表演」，主人用意在「故神其說」，末後自然不免使客人失望。不過知道了這玩意兒是讀《正氣歌》作口訣，同儒家居然大有關係時，也不無所得。關於趕屍的傳說，這位有道之士可謂集其大成，所以值得找方便去拜訪一次。他的住處在上西關，一問即可知道。可是一個讀書人也許從那有道之士服爾泰[7]風格的微笑，服爾泰風格的言談，會看出另外一種無聲音的調笑：「你外來的書呆子，世界上事你知道許多，可是書本不說，另外還有許多就不知道了。用《正氣歌》趕走了死屍，你充滿好奇的關心，你這個活人，是被甚麼邪氣歌趕到我這裏來？」那時他也許正坐在他的雜貨鋪裏面（他

名家散文必讀系列・沈從文

---

[7]　服爾泰，通譯伏爾泰（1694—1778），法國啟蒙思想家、作家、哲學家。

是隱於醫與商的），忽然用手指着街上一個長頭髮的男子說：「看，瘋子！」那真是個瘋子，沅陵地方唯一的瘋子，可是他的語氣也許指得是你拜訪者。你自己試想想看，為了一種流行多年的荒唐傳說，充滿了好奇心來拜訪一個透熟人生的人，問他死了的人用甚麼方法趕上路；你用意說不定還想拜老師，學來好去外國賺錢出名，至少也弄得個哲學博士回國。在他飽經世故的眼中，你和瘋子的行徑有多少不同！

這個人的言談，倒真是一種傑作！三十年來當地的歷史，在他記憶中保存得完完全全，説來時莊諧雜陳，實在值得一聽。尤其是對於當地人事所下批評，尖銳透入，令人不由得不想起法國那個服爾泰。

至於辰砂的出處，出產地離辰州地還遠得很，遠在鳳凰縣的苗鄉猴子坪。

凡到過沅陵的人，在好奇心失望後，依然可從自然風物的秀美上得到補償。由沅陵南岸看北岸山城，房屋接瓦連椽，較高處露出雉堞，沿山圍繞；叢樹點綴其間，風光入眼，實不俗氣。由北岸向南望，則河邊小山間，竹園、樹木、廟宇、居民，彷彿各個都位置在最適當處。山後較遠處羣峯羅列，如屏如障，煙雲變幻，顏色積翠堆藍。早晚相對，令人想像其中必有帝子天神，駕螭[8]乘蜺[9]，馳驟其間。

---

⑧　螭（chī），古代傳說中一種沒有角的龍。

⑨　蜺（ní），同「霓」，在虹的外圈，稱副虹，又稱雌虹、雌蜺。

繞城長河，每年三四月春水發後，洪江油船顏色鮮明，在搖櫓歌呼中連翩下駛。長方形大木筏，數十精壯漢子，各據筏上一角，舉橈激水，乘流而下。就中最令人感動處，是小船半渡，遊目四矚，儼然四圍是山，山外重山，一切如畫。水深流速，弄船女子，腰腿勁健，膽大心平，危立船頭，視若無事。同一渡船，大多數都是婦人，划船的是婦女，過渡的也是婦女較多，有些賣柴賣炭的，來回跑五六十里路，上城賣一擔柴，換兩斤鹽，或帶回一點紅綠紙張同竹篾做成的簡陋船隻，小小香燭，問她時，就會笑笑地回答：「拿回家去做土地會。」你或許不明白土地會的意義，事實上就是酬謝《楚辭》中提到的那種雲中君——山鬼。這些女子一看都那麼和善，那麼樸素，年紀四十以下的，無一不在胸前土藍布或蔥綠布圍裙上繡上一片花，且差不多每個人都是別出心裁，把它處置得十分美觀，不拘寫實或抽象的花朵，總那麼妥帖而雅相。在輕煙細雨裏，一個外來人眼見到這種情形，必不免在讚美中輕輕歎息。天時常常是那麼把山和水和人都籠罩在一種似雨似霧使人微感淒涼的情調裏，然而卻無處不可以見出「生命」在這個地方有光輝的那一面。

外來客自然會有個疑問發生：這地方一切事業女人都有份，而且像只有「兩截穿衣」的女子有份，男子到哪裏去了呢？

在長街上我們固然時常可以見到一對少年夫妻，女的眉毛俊秀，鼻準完美，穿淺藍布衣，用手指粗銀鏈繫扣花圍裙，背小竹籠。男的身長而瘦，英武爽朗，肩上扛了各種野獸皮向商人兜賣，令人一見十分感動。可是這種男子是特殊的。

　　男子大部分都當兵去了。因兵役法的缺陷，和執行兵役法的中間層保甲制度人選不完善，逃避兵役的也多，這些壯丁拋下他的耕牛，向山中走，就去當匪。匪多的原因，外來官吏苛索實為主因。鄉下人照例都願意好好活下去，官吏的老式方法居多是不讓他們那麼好好活下去。鄉下人照例一入兵營就成為一個好戰士，可是辦兵役的卻覺得如果人人都樂於應兵役，就毫無利益可圖。土匪多時，當局另外派大部隊伍來「維持治安」，守在幾個城區，別的不再過問。土匪得了相當武器後，在報復情緒下就是對公務員特別不客氣，凡搜刮過多的外來人，一落到他們手裏時，必然是先將所有的得到，再來取那個「命」。許多人對於湘西民或匪都留下一個特別蠻悍嗜殺的印象，就由這種教訓而來。許多人說湘西有匪，許多人在湘西雖遇匪，卻從不曾遭遇過一次搶劫，就是這個原因。

　　一個旅行者若想起公路就是這種蠻悍不馴的山民或土匪，在烈日和風雪中努力作成的，乘了新式公共汽車由這條公路經過，既感覺公路工程的偉大結實，到得沅陵時，更隨處可見婦人如何認真稱職，用勞力討生活；而對於自然所給的印象，又如此秀美，不免感慨繫之。這地方神祕處原來在此而不在彼。人民如此可用，景物如此美好，三十年來牧民者來來去去，新陳代謝，不知多少，除認為「蠻悍」外，竟別無發現。外來為官作宦的，回籍時至多也只有把當地久已消滅無餘的各種畫符捉鬼荒唐不經的傳說，在茶餘酒後向陌生者一談。地方真正好處不會欣賞，壞處不能明白，這豈不是湘西的另一種神祕？

沅陵算是個湘西受外來影響較久、較大的地方，城區教會的勢力，造成一批吃教飯的人物，蠻悍性情因之消失無餘，代替而來的或許是一點青年會辦事人的習氣。沅陵又是沅水幾個支流貨物轉口處，商人勢力較大，以利為歸的習慣，也自然很影響到一些人的打算行為。沅陵位置在沅水流域中部，就地形言，自為內戰時代必爭之地。因此麻陽縣的水手，一部分登陸以後，便成為當地有勢力的小販；鳳凰縣屯墾子弟兵官佐，留下住家的，便成為當地有產業的客居者。慷慨好義、負氣任俠，楚人中這類古典的熱誠，若從當地人尋覓無着時，還可從這兩個地方的男子中發現。一個外來人，在那山城中石板做成的一道長街上，會為一個矮小，瘦弱，眼睛又不明，聽覺又不聰，走路時匆匆忙忙，說話時結結巴巴，那麼一個平常人引起好奇心。說不定他那時正在大街頭為人排難解紛，說不定他的行為正需要旁人排難解紛！他那樣子就古怪，神氣也古怪。一切像個鄉下人，像個官能為嗜好與毒物所毀壞，心靈又十分平凡的人。可是應當找機會去同他熟一點，談談天；應當想辦法更熟一點，跟他向家裏走。（他的家在一個山上。那房子是沅陵住戶地位最好、花木最多的）如此一來，結果你會接觸一點很新奇的東西，一種混合古典熱誠與近代理性在一個特殊環境、特殊生活裏培養成的心靈。你自然會「同情」他，可是最好倒是「讚美」他。他需要的不是同情，因為他成天在同情他人，為他人設想、幫忙、盡義務，來不及接受他人的同情。他需要人「讚美」，因為他那種古典的做人的態度，值得讚美。同時他的性情充滿了一種天真的愛好，他需要信託，為的是

他值得信託。他的視覺同聽覺都毀壞了，心和腦可極健全。鳳凰屯墾兵子弟中出壯士，體力、膽氣兩方面都不弱於人。這個矮小瘦弱的人物，雖出身世代武人的家庭中，因無力量征服他人，失去了作軍人的資格。可是那點有遺傳性的軍人氣概，卻征服了他自己，統制自己，改造自己，成為沅陵縣一個頂可愛的人。他的名字叫做「大老爺」，或「大大」，一個古怪到家的稱呼。商人、妓女、屠戶，教會中的牧師和醫生，都這樣稱呼他。到沅陵去的人，應當認識認識這位大老爺。

沅陵縣沿河下游四里路遠近，河中心有個洲島，周圍高山四合，名「合掌洲」，名目與情景相稱。洲上有座廟宇，名「和尚洲」，也還說得去。但本地的傳說，卻以為是「和漲洲」，因為水漲河面寬，淹不着，為的是洲隨河水起落！合掌洲有個白塔，由頂到根雷劈了一小片，本地人以為奇，並不足奇。河南岸村名黃草尾，人家多在橘柚林裏，橘子樹白華朱實[10]，宜有小腰白齒[11]於其間。一個種菜園的周家，生了四個女兒，最小的一個四妹，人都呼為夭妹，年紀十七歲，許了個成衣店學徒，尚未圓親。成衣店學徒積蓄了整年工錢，打了一副金耳環給夭妹，女孩子就戴了這副金耳環，每天挑菜進東門城賣菜，因為性格好繁華，人長得風流俊俏，一個東門大街的人都知道賣菜的周家夭妹。

---

⑩　白華朱實，開白色的花，結大紅色的果實。

⑪　小腰白齒，此處指苗條清麗的年輕女子。

因此縣裏的機關中辦事員、保安司令部的小軍佐和商店中小開，下黃草尾玩耍的就多起來了。但不成，肥水不落外人田，有了主子。可是「人怕出名豬怕壯」，夭夭的名聲傳出去了，水上划船人全都知道周家夭夭。去年（二十六年）[12]冬天一個夜裏，忽然來了四百武裝嘍羅攻打沅陵縣城，在城邊響了一夜槍，到天明以前，無從進城，這一夥人依然退走了。這些人本來目的也許就只是在城外打一夜槍。其中一個帶隊的稱團長，卻帶了兄弟夥到夭妹家裏去拍門。進屋後別的不要，只把這女孩子帶走。

　　女孩子雖又驚又怕，還是從容地說：「你搶我，把我箱子也搶去，我才有衣服換！」

　　帶到山裏去時那團長問：「夭夭，你要死，要活？」

　　女孩子想了想，輕聲地說：「要死，你不會讓我死。」

　　團長笑了：「那你意思是要活了！要活就嫁我，跟我走。我把你當官太太，為你殺豬殺羊請客，我不負你。」

　　女孩子看看團長，人物實在英俊標致，比成衣店學徒強多了，就說：「人到甚麼地方都是吃飯，我跟你走。」

　　於是當天就殺了兩個豬，十二隻羊，一百對雞鴨，大吃大喝大熱鬧，團長和夭妹結婚。女孩子問她的衣箱在甚麼地方，待把衣箱取來打開一看，原來全是預備陪嫁的！英雄美人，可謂美滿姻緣。過三天後，那團長就派人送信給黃草尾

[12]　二十六年，指民國二十六年，公元 1937 年。

種菜的周老夫婦，稱岳父岳母，報告夭妹安好，不用掛念。信還是用紅帖子寫的，詞句華而典，師爺的手筆。還同時送來一批禮物！老夫婦無話可説，只苦了成衣店那個學徒，坐在東門大街一家鋪子裏，一面裁布條子做紐袢，一面垂淚。

這也可説是沅陵縣人物之一型。

至於住城中的幾個年高有德的老紳士，那倒正像湘西許多縣城裏的正經紳士一樣，在當地是很聞名的，廟宇裏照例有這種名人寫的屏條，名勝地方照例有他們題的詩詞。兒女多受過良好教育，在外做事。家中種植花木，蓄養金魚和雀鳥，門庭規矩也很好。與地方關係，卻多如顯克微支[13]在他《炭畫》那本書裏所説的貴族，凡事取「不干涉主義」。因為名氣大，許多不相干的捐款，不相干的公事，不相干的麻煩不會上門。樂得在家納福，不求聞達，所以也不用有甚麼表現。對於生活勞苦認真，既不如車站邊負重婦女，生命活躍，也不如賣菜的周家夭妹，然而日子還是過得很好，這就夠了。

由沅水下行百十里到沅陵屬邊境地名柳林岔，——就是湘西出產金子，風景又極美麗的柳林岔。那地方過去一時也有個人，很有意思。這個人據説母親貌美而守寡，住在柳林岔鎮上，對河高山上有個廟，廟中住下一個青年和尚，誠心苦修。寡婦因愛慕和尚，每天必藉燒香為名去看看和尚，

145

---

[13] 顯克微支（1846—1916），波蘭著名作家，1905 年因長篇歷史小説《你往何處去》獲諾貝爾文學獎。

二十年如一日。和尚誠心修苦，不作理會，也同樣二十年如一日。兒子長大後，慢慢地知道了這件事。兒子知道後，不敢規勸母親，也不能責怪和尚，唯恐母親年老眼花，一不小心，就會墜入深水中淹死。又見廟宇在一個圓形峯頂，攀援實在不容易。因此特意僱定一百石工，在臨河懸岩上開闢一條小路，僅可容足；更找一百鐵工，製就一條粗而長的鐵鏈索，固定在上面，作為援手工具；又在兩山間造一拱石頭橋，上山頂廟裏時就可省一大半路。這些工作進行時自己還參加，直到完成。各事完成以後，這男子就出遠門走了，一去再也不回來了。

這座廟，這個橋，瀕河的黛色懸崖上這條人工鑿就的古怪道路，路旁的粗大鐵鏈，都好好地保存在那裏，可以為過路人見到。凡上行船的縴手，還必須從這條路把船拉上灘。船上人都知道這個故事。故事雖還有另一種說法，以為一切是寡婦所修的，為的是這寡婦……總之，這是一個平常人為滿足他的某種願心而完成的偉大工程。這個人早已死了，卻活在所有水上人的記憶裏。傳說和當地景色極和諧，美麗而微帶憂鬱。

沅水由沅陵下行三十里後即灘水連接，白溶、九溪、橫石、青浪……就中以青浪灘最長，石頭最多，水流最猛。順流而下時，四十里水路不過二十分鐘可完事，上行船有時得一整天。

青浪灘灘腳有個大廟，名伏波宮，敬奉的是漢老將馬

援[14]。行船人到此必在廟裏燒紙獻牲。廟宇無特點，不出奇。廟中屋角樹梢棲息的紅嘴紅腳小小烏鴉，成千累萬，遇下行船必飛往接船送船。船上人把飯食糕餅向空中拋去，這些小黑鳥就在空中接着，把它吃了。上行船可照例不光顧。雖上下船隻極多，這小東西知道向甚麼船可發利市[15]，甚麼船不打抽豐[16]。船夫說這是馬援的神兵，為迎接船隻的神兵，照老規矩，凡傷害的必賠一大小相等銀烏鴉，因此從不會有人敢傷害牠。

幾件事都是人的事情。與人生活不可分，卻又雜糅神性和魔性。湘西的傳說與神話，無不古豔動人。同這樣差不多的還很多。湘西的神祕，和民族性的特殊大有關係。歷史上「楚」人的幻想情緒，必然孕育在這種環境中，方能滋長成為動人的詩歌。想保存它，同樣需要這種環境。

---

[14]　馬援（公元前 14—公元前 49），東漢開國大將，被封為伏波將軍，曾率軍南征蠻族，病死軍中。有「馬革裹屍」的典故。

[15]　利市，節日喜慶時候所賞的喜錢。

[16]　打抽豐，也說打秋風，舊時指假借某種名義向別人索取財物。此處指烏鴉向過往船隻討食吃。

瀘溪・浦市・箱子岩

◗ 導讀

　　本文亦出自沈從文的散文集《湘西》。文中描寫的瀘溪、浦市、箱子岩三地，在《湘行散記》中已有詳載，這裏不避重複地大段摘引，表明數年前的觀察與思考仍然能夠代表作者今日的感興。舊時文字的有機拼接還有一個目的，它們暗示出幾處共同的特點：這些地方都曾經繁華熱鬧過，現在又都無可挽回地衰落了；而這種令人惋傷的興亡更替中又生長出新希望來。這正是沈從文再度思索湘西時所要傳達的意思。

　　不難發現，儘管是舊地重遊，但作者面對故園山水又有新的抒情，故鄉如同一本常讀常新的大書，成為作者終身解讀的對象。此文的筆調還有一種於平凡處寄寓傳奇的韻味，例如浦市大廟的老梅樹「開花時如一樹絳雪」的盛景，天下三個半轉輪藏浦市獨佔其一的奇觀，唱戲高手在演酬神戲時的引吭高歌，描寫時彷彿在故意壓制筆鋒，使文字顯得喑啞尋常，但實際效果又均讓人先以震驚，繼而沉思，最後則無一例外地對這些深藏鄉間的歷史與人文景觀投以深深敬意。

　　這裏的山川像是造物者筆酣墨飽時的揮毫，奇景與畫意隨處可見，這恐怕也是作者用平常語描述奇景的一個原因：生在畫圖中的湘西人，即便闊別家鄉多年後再反觀家鄉，定不會像外鄉人那樣止步於嘖嘖稱奇吧。於是在文末，我們看到了人與自然融為一體之後的忘憂、純淨與悲憫，或許這才是一個審美精神發達之地人們的通行做法。

由沅陵沿沅水上行，一百四十里到湘西產煤炭著名地方辰溪縣。應當經過瀘溪縣，計程六十里，為當日由沅陵出發上行船一個站頭，且同時是洞河（瀘溪）和沅水合流處。再上六十里，名叫浦市，屬瀘溪縣管轄，一個全盛時代業已過去四十年的水碼頭。再上二十里到辰溪縣，即辰溪入沅水處。由沅陵到辰溪的公路，多在山中盤旋，不經瀘溪，不經浦市。

在許多遊記上，多載及沅水流域的中段，沿河斷崖絕壁古穴居人住處的遺跡，赭紅木屋或倉庫，說來異常動人。倘若旅行者以為這東西值得一看，就應當坐小船去，這個斷崖同沅水流域許多濱河懸崖一樣，都是石灰岩作成的。這個特別著名的懸崖，是在瀘溪、浦市之間，名叫箱子岩。那種赭色木櫃一般方形木器，現今還有三五具好好擱在嶄削岩石半空石縫石罅間。這是真的原人住居遺跡，還是古代蠻人寄存骨殖的木櫃，不得而知。對於它產生存在的意義，應當還有些較古的記載或傳說，年代久，便遺失了。

下面稱引的一點文字，是從我數年前一本遊記上摘下的：

瀘溪

瀘溪縣城四面是山，河水在山峽中流去。縣城位置在洞河與沅水匯流處，小河泊船貼近城邊，大河泊船去城約三分之一里。（洞河通稱小河，沅水通稱大河。）洞河來源遠在苗鄉，河口長年停泊五十隻左右小小黑色洞河船。弄船者有短小精悍的花帕苗，頭包花帕，腰圍裙子。有白面秀氣的所

里人，說話時溫文爾雅，一張口又善於唱歌。洞河既水急出高，河身轉折極多，上行船到此，已不適宜於借風使帆，凡入洞河的船隻，到了此地，便把風帆約成一束，做上個特別記號，寄存於城中店鋪裏去，等待載貨下行時，再來取用。由辰州開行的沅水商船，六十里為一大站，停靠瀘溪為必然的事。浦市下行船若預定當天趕不到辰州，也多在此過夜。然而上下兩個大碼頭把生意全已搶去，每天雖有若干船隻到此停泊，小城中商業卻清淡異常。沿大河一方面，一個青石碼頭也沒有，船隻停靠皆得在泥灘頭與泥堤下。

到落雨天，冒着小雨，從爛泥裏走進縣城街上去。大街頭江西人經營的布鋪，鋪櫃中坐了白髮皤然老婦人，莊嚴沉默如一尊古佛。大老闆無事可做，只腆着肚皮，叉着兩手，把腳拉開成為八字，站在門限邊對街上詹溜出神。窄巷裏石板砌成的行人道上，小孩子扛了大而樸質的雨傘，響着很寂寞的釘鞋聲。若天氣晴明，石頭城恰當日落一方，雉堞與城樓都為夕陽落處的黃天，襯出明明朗朗的輪廓。每一個山頭都鍍上一片金，滿河是櫓歌浮動。就是這麼一個小城中，卻出了一個寫「日本不足懼」的龍德柏先生。（引自《湘行散記》）①

浦市

這是一個經過昔日的繁榮而衰敗了的碼頭。三十年前是

---

① 沈從文有散文《老伴》，對瀘溪有類似記述，可參考本書收入的《老伴》一文。

這個地方繁榮的頂點，原因之一是每月下省請領鳳凰廳鎮筸道守備兵那十四萬兩餉銀，省中船隻多到此為止，再由旱路將銀子運去。請餉官和押運兵在當時是個闊差事，有錢花，會花錢。那時節沿河長街的油坊，尚常有三兩千新油簍曬在太陽下。沿河七個用青石作成的碼頭，有一半皆停泊了結實高大的四櫓五艙運油船。此外船隻多從下游運來淮鹽、布匹、花紗，以及川黔所需的洋廣雜貨。川黔邊境由旱路來的朱砂、水銀、苧麻、五倍子，莫不在此交貨轉載。木材浮江而下時，常常半個河面都是那種木筏。本地市面則出炮仗，出肥人，出肥豬。河面既異常寬平，碼頭又乾淨整齊。街市盡頭為一長潭，河上游是一小灘，每當黃昏薄暮，落日沉入大地，天上暮雲被落日餘暉所烘炙，剩餘一片深紫時，大幫貨船從上而下，搖船人泊船近岸，在充滿了薄霧的河面，浮盪在黃昏景色中的催櫓歌聲，正是一種如何壯麗稀有充滿歡欣熱情的歌聲！

如今一切都成過去了，沿河各碼頭已破爛不堪。小船泊定的一個碼頭，一共十二隻船。除了一隻船載運了方柱形毛鐵，一隻船載辰溪煙煤，正在那裏發簽起貨外，其他船隻似乎已停泊了多日，無貨可載。有幾隻船還在小桅上或竹篙上懸了一個用竹纜編成的圓圈，作為「此船出賣」等待換主的標誌。（引自《湘行散記》）

箱子岩

那天正是五月十五，鄉下人過大端陽節。箱子岩洞窟中最美麗的三隻龍船，全被鄉下人拖出浮在水面上。船隻狹

而長，船舷描繪有朱紅線條，全船坐滿了青年橈手，頭腰各纏紅布，鼓聲起處，船便如一支沒羽箭，在平靜無波的長潭中來去如飛。河身大約一里寬，兩岸都有人看船，大聲吶喊助興。且有好事者從後山爬到懸岩頂上去，把百子鞭炮從高岩上拋下，盡鞭炮在半空中爆裂，嘭嘭嘭嘭的鞭炮聲與水面船中鑼鼓聲相應和，引起人對於歷史發生一種幻想、一點感慨。

兩千年前那個楚國逐臣屈原，若本身不被放逐，瘋瘋癲癲來到這種充滿了奇異光彩的地方，目擊身經這些驚心動魄的景物，兩千年來的讀書人，或許就沒有福分讀《九歌》那類文章，中國文學史也就不會如現在的樣子了。在這一段長長歲月中，世界上多少民族都已墮落了，衰老了，滅亡了。即如號稱東亞大國的一片土地，也已經有過多少次被來自沙漠中的蠻族，騎了膘壯的馬匹，手持強弓硬弩，長槍大戟，到處踐踏蹂躪！然而這地方的一切，雖在歷史中也照樣發生不斷的殺戮、爭奪，以及一到改朝換代時，派人民擔負種種不幸命運，死的因此死去，活的被逼迫留髮、剪髮，在生活上受種種限制與支配。然而細細一想，這些人根本上又似乎與歷史進展毫無關係。從他們應付生存的方法與排泄感情的娛樂方式看來，竟好像今古相同，不分彼此。

日頭落盡，雲影無光時，兩岸漸漸消失在溫柔暮色裏。兩岸看船人呼喝聲越來越少。河面被一片紫霧籠罩，除了從鑼鼓聲中尚能辨別那些龍船方向，此外已別無所見。然而岩壁缺口處卻人聲嘈雜，且聞有小孩子哭聲，有婦女尖銳叫喚聲，綜合給人一種悠然不盡的感覺。……

過了許久，那種鑼鼓聲尚在河面飄着，表示一班人還不願意離開小船，回轉家中。待到把晚飯吃過，爬出艙外一看，呀，好一輪圓月！月光下石壁同河面，一切都鍍了銀，已完全變換了一種調子。岩壁缺口處水碼頭邊，正有人用廢竹纜或油柴燃着火燎，火光下只見許多穿白衣人的影子移動。那些人正把酒食搬移上船，預備分派給龍船上人。原來這些青年人划了一整天船，看船的已散盡了，划船的還不盡興，三隻船還得在月光下玩個上半夜。

提起這件事，使人重新感到人類文字語言的貧儉，那一派聲音，那一種情調，真不是用文字語言可以形容的。

這些人每到大端陽時節，都得下河玩一整天的龍船，平常日子卻各個按照一種分定，很簡單地把日子過下去。每日看過往船隻搖櫓揚帆來去，看落日同水鳥。雖然也有人事上的得失，到恩怨糾紛成一團時，就陸續發生慶賀或仇殺。然而從整個說來，這些人生活卻彷彿同「自然」已相互融合，很從容地各在那裏盡其性命之理，與其他無生命物質一樣，唯在日月升降、寒暑交替中放射、分解。而且在這種過程中，人是如何渺小的東西，這些人比起世界上任何哲人，也似乎還更知道得多一點。

這些不辜負自然的人，與自然妥協，對歷史毫無擔負，活在這無人知道的地方。另外尚有一批人，與自然毫不妥協，想出種種方法來支配自然，違反自然的習慣，同樣也那麼盡寒暑交替，看日月升降。然而後者卻在改變歷史、創造歷史。一份新的日月，行將消滅舊的一切。我們要用一種甚麼方法，就可以使這些人心中感覺一種「惶恐」，且放棄

對自然和平的態度，重新來一股勁兒，用划龍船的精神活下去？這些人在娛樂上的狂熱，就證明這種狂熱使他們還配在世界上佔據一片土地，活得更愉快、更長久一些。但有誰來改造這些人的狂熱到一件新的競爭方面去？（引自《湘行散記》）②

這希望於浦市人本身是毫無結論的。

浦市鎮的肥人和肥豬，既因時代變遷，已經差不多「失傳」，問當地人也不大明白了。保持它的名稱，使沅水流域的人民還知道有個「浦市」地方，全靠鞭炮和戲子。沅水流域的人遇事喜用鞭炮，婚喪事用它，開船上樑用它，迎送客人親戚用它，賣豬買牛也用它，幾乎無事不需要它。做鞭炮需要硝磺和紙張，浦市出好硝，又出竹紙。浦市的鞭炮很賤③、很響，所以沅水流域鞭炮的供給，大多數就由浦市商店包辦。浦市人歡喜④戲，且懂戲。二八月農事起始或結束時，鄉下人需要酬謝土地，同時也需要公眾娛樂。因此常常有頭行人出面斂錢集份子，邀大木傀儡戲班子唱歌。這種戲班子角色既整齊，行頭又美好，以浦市地方的最著名。浦市鎮河下游有三座塔，本地傳說塔裏有妖精住，傳說實在太舊了，因為戲文中有水淹金山寺。然而正因為傳說流行，所

---

② 沈從文有散文《箱子岩》，對箱子岩有類似描述，可參考本書收入的《箱子岩》一文。

③ 賤，價錢便宜。

④ 歡喜，此處指喜歡的意思。

以這塔倒似乎很新。市鎮對河有一個大廟，名江東寺。廟內古松樹要五人連手方能抱住，老梅樹有三丈高，開花時如一樹絳雪，花落時藉地一寸厚。寺側院豎立一座轉輪藏，木頭作的，高三四丈，上下用斗大鐵軸相承。三五個人扶着有雕刻龍頭的木把手用力轉動它時，聲音如龍鳴，淒厲而綿長，十分動人。據記載是仿龍聲製作的，半夜裏轉動它時，十里外還可聽得清清楚楚。本地傳說天下共有三個半轉輪藏，浦市佔其一。廟宇還是唐朝黑武士尉遲敬德[5]建造的。就建築款式看來，是明朝的東西，清代重修過。本地人既長於木傀儡戲，戲文中多黑花臉殺進紅花臉殺出故事。尉遲敬德在戲文中既是一員驍將，因此附會到這個寺廟上去，也極自然。

浦市碼頭既已衰敗，三十年前紅極一時的商家，遷移的遷移，破產的破產，那座大廟一再駐兵，近年來花樹已全毀，廟宇也破成一堆瓦礫了。就只唱戲的高手，還有三五人，在沅水流域當行出名。傀儡戲大多數唱的是高腔，用嗩吶伴和，在田野中唱來，情調相當悲壯。每到菜花黃莊稼熟時節，這些人便帶了戲箱各處走去。在田野中小小土地廟前舉行時，遠近十里的婦女老幼，多換上新衣，年青女子戴上粗重銀器，有些還自己扛了板凳，攜帶飯盒，跑來看戲，一面看戲一面吃點東西。戲子中嗓子好，善於用手法使傀儡表情生動的，常得當地年青女子垂青。到冬十臘月，這些唱

---

⑤　尉遲敬德（585—658），即尉遲恭，字敬德，唐朝大將，凌煙閣二十四功臣之一。

戲的又帶上另外一份家業，趕到鳳凰縣城裏去唱酬儺神的願戲。這種酬神戲與普通情形完全不同，一切由苗巫作主體，各扮着鄉下人，跟隨苗籍巫師身後，在神前院落中演唱。或相互問答，或共同合唱，一種古典的方式。戲多夜中在火燎下舉行，唱到天明方止。參加的多義務取樂性質，不必需金錢報酬，只大吃大喝幾頓了事，這家法事完了又轉到另外一家去。一切方式令人想起《仲夏夜之夢》[6]的鄉戲場面，木匠、泥水匠、屠戶、成衣人，無不參加。戲多就本地風光取材，詼諧與諷刺，多健康而快樂，有希臘《擬曲》[7]趣味。不用弦索，不用嗩吶，唯用小鑼小鼓，尾聲必須大家合唱，觀眾也可合唱。尾聲照例用「些」字，或「禾和些」字，藉此可知《楚辭》中《招魂》末字的用處。戲唱到午夜後，天寒土凍，鑼鼓淒清，小孩子多已就神壇前盹睡，神巫便令執事人重燃大蠟，添換供物，神巫也換穿朱紅繡花緞袍，手拿銅劍錦拂，捶大鼓如雷鳴，吭聲高唱，獨舞娛神，興奮觀眾。末後撤下供物酒食，大家吃喝。俟[8]人人都恢復精神後，新戲重新上場。這些唱戲的到歲暮年末時，方帶了所得豬羊肉（羊肉必取後腿，帶上那個小小尾巴），大小米糍粑以及快樂和疲勞，各自回家過年。

在浦市鎮頭上向西望，可以看見遠山上一個白塔，尖尖

[6] 《仲夏夜之夢》，英國著名戲劇家威廉·莎士比亞（1564—1616）最著名的喜劇之一，講述了有情人終成眷屬的故事。
[7] 《擬曲》，古希臘文學的一種文體，即滑稽笑劇。
[8] 俟（sì），等待。

地向透藍天空矗着。白塔屬辰溪縣的風水，位置在辰溪縣下邊一點。塔在河邊山上，河名「斤絲潭」，打魚人傳說要放一斤生絲方能到底。斤絲潭一面是一列懸崖，五色斑駁，如錦如繡。崖下常停泊百十隻小漁船，每隻船上照例蓄養五七隻黑色魚鷹。這水鳥無事可做時，常蹲在船舷、船頂上搧翅膀，或沉默無聲打瞌盹，盈千累百一齊在平潭中下水捕魚時，堪稱一種奇觀。可見出人類與另一種生物合作，在自然中競爭生存的方式，雖處處必須爭鬥，卻又處處見出諧和。箱子岩也是一列五色斑駁的石壁，長約三四里，同屬石灰岩性質。石壁臨江一面嶄削如割切，河水深而碧，出大魚，因此漁船也多。岩下多洞穴，可收藏當地人五月節用的狹長龍船。岩壁缺口處有人家，如為造物者增加畫意，似經心似不經心點綴上這些大小房子。最引人注意處還是那半空中石壁罅穴處懸空的赭色巨大木櫃。上不沾天，下不及泉，傳說中古代穴居者的遺跡。端陽競渡時水面的壯觀，平常人不容易得到這種眼福，就不易想像它的動人光景。遇晴明天氣，白日西落，天上薄雲由銀紅轉成灰紫。停泊崖下的小漁船，燒濕柴煮飯，炊煙受濕，平貼水面，如平攤一塊白幕，綠頭水鳧[9]三隻五隻，排陣掠水飛去，消失在微茫煙波裏。一切光景靜美而略帶憂鬱。隨意割切一段勾勒紙上，就可成一絕好宋人畫本。滿眼是詩，一種純粹的詩。生命另一形式的表現，即人與自然契合，彼此不分的表現，在這裏可以和感官

---

[9]　綠頭水鳧（fú），指綠頭野鴨。鳧，水鳥。

接觸。一個人若沉得住氣，在這種情景裏，會覺得自己即或不能將全人格融化，至少樂於暫時忘了一切浮世的營擾。現實並不使人沉醉，倒令人深思。越過時間，便儼然見到五千年前腰圍獸皮、手持石斧的壯士，如何精心設意，用紅石粉塗染木材，搭架到懸崖高空上情景；且想起兩千年前的屈原，忠直而不見信^⑩，被放逐後駕一葉小舟漂流江上，無望無助的情景。更容易關心到這地方人將來的命運，雖生活與自然相契，若不想法改造，卻將不免與自然同一命運，被另一種強悍有訓練的外來者征服制馭，終於衰亡消滅。說起它時使人痛苦，因為明白人類在某種方式下生存，受時代陶冶，會發生一種無可奈何的痛苦。悲憫心與責任心必同時油然而生，轉覺隱遁之可羞，振作之必要。目睹山川美秀如此，「愛」與「不忍」會使人不敢墮落，不能墮落。因此一個深心的旅行者，不妨放下坐車的便利，由沅陵乘小船沿沅水上行，用兩天到達辰溪。所費的時間雖多一點，耳目所得也必然多一點。

三十年一月七日校　時在昆明

⑩　見信，被相信。見，古代漢語用法，被。

湘西・題記

導讀

　　本文是沈從文散文集《湘西》的題記，曾發表在 1939 年 1 月《今日評論》第 1 卷第 2 期上。抗日戰爭爆發以後，沈從文再次返回湘西，這也是散文集《湘西》的創作由來。與 1934 年的返鄉後作品《湘行散記》相比，《湘西》更帶有一層明顯的事功色彩，這在「題記」中得到了反映。

　　面對外界或湘西人自己對湘西的一些負面評價，如地瘠民貧、愚昧落後等，沈從文向來抱有一種抗辯的態度。在他心目中，湘西人傑地靈，外界因隔膜而對其誤讀還可以理解，本鄉人對於桑梓的人云亦云的貶斥則近乎於不可原諒了。因此，《湘西》首先是寫給湘西人看的，那些生長於此地，且把未來命運與此地榮枯捆綁在一起的人們，是此書的理想讀者。沈從文在一種又激動又痛苦的狀態中描述鄉土，他比別人更了解此地的寶貴，也比別人更清楚此地的癥結。然而當自卑自棄成為一種普遍心理時，湘西人重新發掘自身的能量便顯得特別重要。尤其是年輕人，更要摒棄一貫的負氣與自棄態度，正視湘西在物產與精神方面的豐厚遺產，承擔歷史交給他們的責任。

　　與此同時，《湘西》又是寫給所有人看的，因為它提供了一種閱讀鄉土的方法。在抗戰背景下，中國各地的戰略地位發生了變

化，由那些懷有強烈的熱情與抱負的本鄉人來告訴外界一個真實的家鄉，將那些似是而非、始終無人願意關注的情形如實呈現，這對於戰時的中國不啻是一種緊缺「物資」，也是一個真正的湘西人奉呈的「土儀」與「芹獻」。

　　我這本小書[1]只能説是湘西沅水流域的雜記，書名用
「沅水流域識小錄」，似乎還切題一點。因為湘西包括的範
圍很寬，接近鄂西的桑植、大庸、慈利、臨澧各縣應當在
內，接近湘南的武岡、安化、綏寧、通道各縣也應當在內。
不過一般記載説起湘西時，常常不免以沅水流域各縣作主
體，就是如地圖所指，西南公路沿沅水由常德到晃縣一段
路，本文在香港《大公報》發表時，即沿用這個名稱，因此
現在並未更改。

　　這是古代荊蠻[2]由雲夢洞庭湖澤地帶被漢人逼迫退守的
一隅。地有五溪，「五溪蠻」的名稱即由此而來。傳稱馬援
征蠻，困死於壺頭山，壺頭山在沅水中部，因此沅水流域每
一縣城都有一伏波宮。春秋時被放逐的楚國詩人屈原，駕舟
溯流而上，許多地方還約略可以推測得出。便是這個偉大詩
人用作題材的山精洞靈，篇章中常借喻的臭[3]草香花，也儼
然隨處可以發現。尤其是與《楚辭》不可分的酬神宗教儀
式，據個人私意，如用鳳凰縣大儺酬神儀式作根據，加以研
究比較，必尚有好些事可以由今會古。土司制度[4]為中國邊

---

① 　指沈從文的散文集《湘西》，一名《沅水流域識小錄》，於 1938 年 8
　　月 25 日—1938 年 11 月 17 日在《大公報‧文藝》連載，單行本由
　　商務印書館 1939 年 8 月初版。

② 　荊蠻，楚地的少數民族。荊，楚之別稱；蠻，對南方少數民族的通稱。

③ 　臭（xiù），氣味，此處引申為香、好聞。

④ 　土司制度，元明時實施的由土人世襲的土官治理少數民族地區的制度。

遠各省統治制度之一種，五代時馬希範[5]與土司夷長立約的銅柱，現今還矗立於酉水中部河岸邊，地臨近青魚潭，屬永順縣管轄。酉水流域幾個縣份，至今就還遺留下一些過去土司統治方式，可作專家參考。屯田練勇為清代兩百年來治苗方策，且是產業共有共享一種雛形試驗。民國以來，苗民依舊常有問題，問題便與屯田制度的變革有關，與練勇事似二而一。所以一個行政長官，一個史學者，一個社會問題專家，對這地方的過去、當前、未來如有些關係，或不缺少研究興味，更不能不對這地方多有些了解。

又如戰爭一起，我們南北較好的海口和幾條重要鐵路線，都陸續失去了。談建國復興，必然要從地面的經營和地下的發掘做起。湘西人民常以為極貧窮，有時且不免因此發生「自卑自棄」感覺，儼若凡事為天所限制，無可奈何。事實上，湘西的桐油、茶葉，都有很好的出產。地下的煤鐵雖不如外人所傳說富厚，至於特殊金屬，如銻、砒、銀、鎢、錳、汞、金，地下蘊藏都相當多。尤其是經最近調查，幾個金礦的發現，藏金量之豐富，與礦牀之佳好，為許多專家所想像不到。湘西雖號稱偏僻，在千年前的《桃花源記》，被形容為與世隔絕的區域，可是到如今，它的地位也完全不同了。西南公路由此通過，貫穿了四川、貴州、雲南、廣西的交通。並且戰爭已經到了長江中部，有逐漸向內地轉移可

---

⑤　馬希範（899—947），五代十國時期南楚君主。他在位期間，境內少數民族謀反，後失敗。馬希範為此事特立銅柱，表達了對少數民族的懷柔政策。

能。湘西的咽喉為常德，地當洞庭湖口，形勢重要，在沿湖各縣數第一。敵如有心冒險西犯，這咽喉之地勢所必爭，將來或許會以常德為據點，作攻川攻黔準備。我軍戰略若係將主力離開鐵路線，誘敵入山地，則湘西沅水流域必成為一個大戰場 —— 一個戰場，換一句話，可能就是一片瓦礫場！「未來」湘西的重要，顯而易見。然而這種「未來」是和「過去」、「當前」不可分的。對於這個地方的「過去」和「當前」，我們是不是還應當多知道一點點？還值得多知道一點點？據個人意見，對於湘西各方面的知識，實在都十分需要。任何部門的專家，或是一個較細心謹慎客觀的新聞記者，用「湘西」作為題材，寫成他的著作，不問這作品性質是特殊的或一般的，我相信，都重要而有參考價值。因為一種比較客觀的記載，縱簡略而多缺點，依然無害於事，它多多少少可以幫助他人對於湘西的認識。至於我這冊小書，在本書第一章上即說得明明白白：只能說是一點「土儀[6]」，一個湘西人對於來到湘西或關心湘西的朋友們所作的一種芹獻[7]。我的目的只在減少旅行者不必有的憂慮，補充他一些不可免的好奇心，以及給他一點來到湘西為安全和快樂應當需要的常識；並希望這本小書的讀者，在掩卷時，能對這邊鄙之地給予少許值得給予的同情，就算是達到寫作目的的了。若這本小書還可對這些專家或其他同鄉前輩成為一種「拋磚引

[6] 土儀，當作禮物的本地生產的東西。
[7] 芹獻，謙稱贈人的禮品菲薄或所提的建議淺陋。

玉」的工作，那更是我意外的榮幸。

我生長於鳳凰縣，十四歲後在沅水流域上下千里各個地方大約住過七年，我的青年人生教育恰如在這條水上畢的業。我對於湘西的認識，自然較偏於人事方面，活在這片土地上的老幼貴賤、生死哀樂種種狀況，我因性之所近，注意較多。去鄉約十五年，去年回到沅陵看看，社會新陳代謝，人事今昔情形不同已很多。然而另外又似乎有些情形還是一成不變。我心想：這些人被歷史習慣所範圍、所形成的一切，若寫它出來，當不是一種徒勞。因為在湘西，我大約見過兩百左右年青同鄉，談起國家大事、文壇掌故、海上繁華時，他們竟像比我還知道的還多。至於談起桑梓情形，卻茫然發呆。人人都知道說地方人不長進，老年多保守頑固，青年多虛浮繁華，地方政治不良，苛捐雜稅太多，可是都近於人云亦云，不知所謂。大家對於地方壞處缺少真正認識，對於地方好處更不會有何熱烈愛好。即從青年知識分子一方面觀察，不特知識理性難抬頭，情感勇氣也日見薄弱。所以當我拿筆寫到這個地方種種時，心情實在很激動、很痛苦。覺得故鄉山川風物如此美好，一般人民如此勤儉耐勞，並富於熱忱與藝術愛美心，地下所蘊聚又如此豐富，實寄無限希望於未來。因此這本書的最好讀者，也許應當是生於斯，長於斯，將來與這個地方榮枯永遠不可分的同鄉。

湘西到今日，生產、建設、教育、文化在比較之下，事事都顯得落後。一般議論常認為是「地瘠民貧」，這實在是一句錯誤的老話。老一輩可以藉此解嘲，年輕人決不宜用之卸責。二十歲以下的年輕人更必須認識清楚：這是湘西人負

氣與自棄的結果！負氣與自棄本來是兩件事，前者出於山民的強悍本性，後者出於缺少知識養成的習慣：兩種弱點合而為一，於是產生一種極頑固的拒他性。不僅僅對一切進步的理想加以拒絕，便是一切進步的事實，也不大放在眼裏。譬如就湘西地方商業而論，規模較大的出口貨如桐油、木材、煙草、茶葉，進口貨如棉紗、煤油、煙捲、食鹽、五金，就無不操縱在江西幫、漢口幫商人手裏，湘西人是從不過問的。湘西人向外謀出路時，人自為戰，與社會環境奮鬥的精神，很得到國人尊敬。至於集團的表現，遵循社會組織，從事各種近代化企業競爭，就大不如人。因此在政治上雖產生過熊希齡、宋教仁，多獨張一幟，各不相附。軍人中出過傅良佐、田應詔、蔡鉅猷，對於湖南卻無所建樹。讀書人中近二十年來更出了不少國內知名專門學者，然而沅水流域二十縣，到如今卻連一個像樣的中學還沒有！各縣雖多財主富翁，這些人的財富除被動的派捐綁票，自動的嫖賭逍遙，竟似乎別無更有意義的用途。這種長於此而拙於彼，彷彿精明能幹，其實糊塗到家的情形，無一不是負氣與自棄結果。負氣與自棄影響到政治方面，則容易有「馬上得天下，馬上治之」觀念，少彈性，少膨脹性，少黏附圖結性，少隨時代應有的變通性。影響到普遍社會方面，則一切容易趨於保守，對任何改革都無熱情，難興奮。凡事唯以拖拖混混為原則，以不相信不合作保持負氣，表現自棄。這自然不成的。負氣與自棄使湘西地方被稱為苗蠻匪區，湘西人被稱為苗蠻土匪，這是湘西人的羞辱。每個人都有滌除這羞辱的義務。天時地利待湘西人並不薄，湘西人所宜努力的，是肯虛心認識

人事上的弱點，並有勇氣和決心改善這些弱點。第一是自尊心的培養，特別值得注意。因為即以遊俠者精神而論，若缺少自尊心，便不會成為一個站得住的大角色。何況年青人將來對地方對歷史的責任，遠比個人得失榮辱為重要。

　　日月交替，因之產生歷史。民族興衰，事在人為。屈宋[8]文章，曾左[9]勳業，遺芳餘烈，去今猶未甚遠。我這本小書所寫到的各方面現象和各種問題，雖極瑣細平凡，在一個有心人看來，說不定還有一點意義，值得深思！

---

[8]　屈宋，屈原和宋玉，都為楚國人，楚辭高手。

[9]　曾左，曾國藩（1811—1872）和左宗棠（1812—1885），都為湖南人，晚清政治、軍事舞台上的重要人物。

吃大餅

導讀

　　本文曾分別發表於 1945 年 4 月 11 日《貴州日報·新壘》第 13 期和 1945 年 6 月 15 日《宇宙風》第 139 期。本文看似不太符合我們對沈從文散文的想像。他應當是個擅長講鄉土故事的作者，但看到這個本來只有小學文化程度的人在我們面前引經據典，指點文學與歷史上的「大餅」及其背後的故事，讓人驟然間不太習慣。當然，從行伍少年到大學教授的漫漫長途上，沈從文的堅韌與自修也是出了名的。

　　文章包括三個有關大餅的故事。第一個故事描述一個古風猶存的牛肉大餅小鋪，作者試圖讓我們留意存活在街巷間的「歷史」；第二則故事述及犛牛酥油就藏式大餅的吃法，作者從中勾勒出了傳奇；第三個故事寫到古代筆記中所載的相關逸聞，大餅奇觀背後的淡淡諷世味道得以自然流露。

　　但本文意圖卻又不在搜奇獵異，聯繫到寫作背景：抗戰時期昆明的桃源鄉下，因此，無論是行文間有意無意提到的一種帶孔的燒餅（即頗具抗戰意味的「戚餅」），或是爽直訴説「吃大餅」意味着離「喝北風」不遠的生活窘境，均暗示着作者還有深層立意。在「後記」中，作者將「吃大餅」的餘味，濃縮成一種困境中的從容微笑，物質條件的艱苦似乎可以用精神上的沉潛與富足

作為抵償。或許每天嚼得大餅，沉默應對日常生活的瑣屑與尷尬，便是雲南的明媚陽光與純淨空氣帶給戰時讀書人的一種生存啟迪吧。

　　戰前數年朋友來往通信中，遇到形容生活窮困境況時，照例常說「吃大餅」過日子。凡使用這個形容詞的，在他本人生活上，雖未必即到「陷入絕境」，在他本人情緒上，實儼然[①]已有點「招架不住」神氣，似乎只要加重一點，就到「喝北風」程度了。可是「大餅」是個甚麼樣子？有多大？如何做？如何吃？倘若他是一個南方人，要他老老實實回答時，這個人若夠老實，也許自己會瞠然[②]不語，卻令人啞然失笑。因為他雖慣會使用這個名詞，可未必見過「大餅」，更未必吃過「大餅」。他吃的或者是巴掌大，焦鹽，揉糖，再蘸上一小撮芝麻，和《二十年目睹之怪現狀》[③]上面那個裝闊旗人掬兩文京錢買的東西一樣，事實上名叫「燒餅」，或「烤餅」。（橘逾淮而為枳，這東西過長江後就越來越小巧秀氣，到後就索性改名為「金錢燒餅」了。論式樣，昆明地方所見的倒不少如三尖角的，褶褲式的，銀錠式的，偃月形的，……至於中間有個孔，相傳為三百年前戚繼光征倭寇用作軍士乾糧，如今說來還帶點抗戰意味的「戚餅」，反而少見。）也許這人雖吃過「大餅」，還依然不明白這東西本身有多大的。因為凡在桌子旁坐定吃大餅，可能是照雲南人熟習的炒餌塊、燴餌塊方式，早已切成絲切成片，加上作料，把大餅原來的素樸與壯觀全失去了。宋人筆記說，秦檜的兒

---

① 儼（yǎn）然，形容很像。

② 瞠（chēng）然，吃驚的樣子。瞠，瞪着眼。

③ 《二十年目睹之怪現狀》，清末吳沃堯（1866—1910）所作的一部譴責小說，晚清四大譴責小說之一。

孫生長城市，不識豆麥所出，量米時檜試詢問米糧來源，有人說從簟蓆上出，有人說從斗斛中出，無一個想得到是從田地裏生長。邯鄲淳《笑林》說，北人不識筍，吳人為設筍，問從何來，告說是竹子生的。還家煮牀簀④，預備大吃一頓，久煮不爛，還以為是吳人不誠實，有意捉弄他。可見有些東西即或吃過，還不知道它的本性，也是常有的事。

生長於長江以北的山東、河南朋友，必自以為對於大餅是個完全內行，其實所知道的也只是就經驗所及而言罷了，大餅過了河過了江向南方跑，沿黃河上游、長江上游向西南高原跑，大餅的命運如何，就依然不大容易知道。

民十八⑤我到武昌時，被朋友孫大雨詩人邀到一個小鋪子去吃牛肉大餅。大雨那時節正對於許多事都還充滿好奇心，認為這小鋪子極有詩意，鋪子中簡單得很，除卻幾件粗重桌椅，只是當門一個大而厚重的黃銅鍋罐燜了一大鍋白汁牛肉，另外砧板上擱下一個兩尺大、三寸厚的大餅。照習慣，限定每天賣完一鍋肉、一個餅，即關上鋪板休息。小碗盞，大筷子，桌凳復拙重古樸，加上那做買賣人的神氣派頭，不免令人疑心這原是個有歷史背景的職業。問一問，才知道這一家人的先代，原來是隨同蒙古達達⑥邁過長江到此落腳的，到太平天國時，又成為長毛⑦販賣制度之一種，並

④　簀（zé），蓆子。
⑤　民十八，指民國十八年，公元 1929 年。
⑥　達達，通譯韃靼，蒙古的一個部族。
⑦　長毛，時人對太平天國的太平軍的蔑稱。

說那口銅鍋，那份銅家業，都是祖先傳下來的！試看看那口厚重放光的鍋罐，那個二尺大三寸厚素樸壯觀的餅麪，同時再注意一下掌櫃的伸出生有疏稀黃毛的大手，持着大銅勺從熱氣蒸騰鍋中取肉，舞着大銅刀割餅時情景，真不能不相信，這裏有的是「歷史」。面前的一位，也許還是匈奴族王子的遺裔。且使人想起荊軻、專諸⑧本來的活計，幹這種活計的人，當前已不足道，在歷史上卻很做過幾件極不平凡事業的。

民二十八年我在昆明，某一天忽被朋友邀到一個麗江朋友家中去吃西藏式大餅。上桌時，一尺五六寸大，三寸厚，特點是餅麪乾乾淨淨，一片素樸的焦黃（一看就使人又感覺接觸了神農氏後代的傳統生活習慣，也接觸了另外一個民族的宗教習慣），把這個東西一片片割切下來，用大雪山下犛牛⑨身上出產的酥油製成酥油茶同吃，原是邊地最平常的方式，不值得提。可是當時我們卻還用《紅樓夢》上史湘雲吃過的鹿脯（而且照孔子旅行時的方式，用刀削吃的）。以及《呂氏春秋·本味》篇（亦即歷史上有名大廚子伊尹）所未提及的，來自一萬尺高大雪山上的四五種希奇古怪動植物，一同填入腹中。這兩件和大餅有關的事，我相信生長北方每天吃大餅的朋友，是不會想到的。

第三件事是大餅既用「大」為名，最大的餅究竟能有多

---

⑧　荊軻、專諸，都是歷史上著名的刺客。

⑨　犛（lí）牛，犛牛的古稱，生活在青藏高原的長毛的牛屬動物。

大？就個人眼目所及，大餅似乎和普通鍋面有關，鍋面大小又和家庭組織有關。所以如今所見的二尺見方、三寸厚的形式，可以說是一般形式。論家庭組織，唐代算得龐大，一家百口是常有的事，可是不分家未必即同炊。《杜陽雜編》述敍雜事最善誇飾，記同昌公主死事，李可及為安排一場歡百年舞，用到八百匹官絁⑩，舞竟珠翠滿地。可是輪到賞賜三十匹駱駝的餅送給葬役夫時，還是只說「各徑闊二尺」。從記載上看，且像是已到最大限度。大餅之大超越紀錄，實應數一位趙老總的成就。孫光憲《北夢瑣言》說：五代王建主蜀時，有一位善吃喝、好客人的趙雄武，綽號「趙大餅」，每次用麵三斗做餅一枚，做成後，有好幾間屋子大。唐人普通房間縱不如宋人費木料，也總得有兩丈見方，這個餅很可能就有六丈大小。當時這種大餅的用途，説是值大內宴會，或豪家設廣筵時，這位趙官人即於眾賓內奉獻一枚，裁剖用之，各人一份，吃得大家飽飽的。至於這個六丈見方的大餅，從趙府轉到另外一處筵席，如何抬去，可不説明。若不太厚，或者捲成一束，派那十五位鮮衣花褲大師傅抬去，也未可知。這個大餅的製法，就是一種祕密，據説當時至親好友，即不肯傳授，無由模仿。若不然，別的不説，現在昆明電話局長趙先生，既以善做燒鴨子著名，又好客，只要如法仿造大餅一枚，請客時，就可以把三百客人同時邀集，不至於感到束手了。

⑩　絁（shī），一種粗綢子。

名家散文必讀系列・沈從文

172

後記

　　和孩子們同住桃源鄉下，每天早晚，總可聽他們嚷嚷「吃不飽」、「我要吃」。進城上課時，又必然會和因病失業兩年的妹妹在一處，聽她爭吵幾句，說的自然還是「吃不飽」，弄得我頭腦亂亂的，因此一來，我自己倒常常反而把街上對過點米線當晚餐的事忘掉了。或正在宿舍中坐下發痴，被一個朋友偶然碰見，邀出門走走，或送一個陌生拜訪者，從半霉朽的樓梯盤旋而下，到得空闊處，從朋友的語言神氣間，總可看出一句話：「唉，日子怎麼過得那麼悽慘？」待用別的方式表示「不妨事，我能支持下去」時，照例卻不大容易使朋友相信。事實上，一家大小不就是那麼活下來了嗎？這也就是一種「戰爭」！雖不需要斷頸流血，也從不聞呼號呻吟，可是要的是勇氣和耐心方能支持下來的！這只是為一個做人原則而戰，簡簡單單，我得掙扎。想一家人吃得飽並不困難，想做得好硬讓他吃不飽，就得要點取捨決心。試追究一下這勇氣和耐心來源，即可知二十年前在各種情況下的失業和絕糧，正若已為今日做人試驗作準備。其次是共同生活一個伴侶，同記着古人一句話，「窮則觀其所取」，於是雲南的好陽光和鄉村乾淨清新空氣，居然見出了奇跡，使我們單單純純地活下來了。陽光之下萬物既並生並育，自甘腐爛者得其實，追求抽象者收其榮，善於從兩者之間，從社會變化中，因緣時會，垂時鵲起，名實兼得者，……蒙莊

齊物，所證即為物之不齊，乃物之性。[11]個人之孤立沉默，亦不過是盡一個戰時公民責任而已。假期匆匆過去，家中大小工作重新開始，想起孩子們在嚷叫「吃不飽」，依然能不斷大笑。在討論到大小男丁三口今年雨季來臨時，得如何學習赤腳和泥漿奮鬥，都十分高興。主婦在為家事、為生活把一個主婦的最高工作效率用盡後，尚永遠不失去臉上代表從容與快樂的微笑。以及寄住城中由念佛而神經失常的妹妹，在極端痛苦情形中，亦尚能獨自用笑來排遣掙扎。我心想，一家人尚能笑，真不妨事。寫點小故事，贈給同樣無可吃的正直國民，在他的單純沉悶工作外，若能有機會笑笑，也不為無意義！一般人常說，戰爭是要血和淚的。據個人意思，人生中某一種無形戰爭，所需要的也許倒是保持那個「雖敗北不氣餒」的微笑或大笑！

三月一日桃源

---

[11]　這句話較難懂，大意是說萬事萬物都有自己的生存法則，不能要求全部都整齊劃一。

綠　魘

導讀

　　本文發表於 1943 年 12 月、1944 年 1 月的《當代評論》第 4 卷第 3 至 5 期，包括「綠」、「黑」、「灰」三部分，此處選的是第一部「綠」。

　　閱讀這篇文章，最先觸動我們的是作者對具體景物的把握功力，這從開頭第一段對植物世界的描繪中就可以看出。作者能把石榴樹、仙人掌、高粱等十分平凡的植物寫得充滿情味，石榴的純粹透明、仙人掌的生命力異常飽滿、高粱的蕭瑟與莊嚴都讓人印象深刻，看似平凡無奇的景物一經作者充滿感情的注視就變得令人感動。但即便如此，作者仍然感歎紙面的文字在面對豐富立體的「靜境」時顯得蒼白無力。沈從文在這一時段，一直在探索語言表達與思維馳騁的極限，他要在文字與世界之間進行無障礙穿越，於是他變成了一位最辛苦的表達者。

　　此文給人的第二番觸動，是作者由具體過渡到抽象、由微觀思索宏大的傾向。他把眼前的綠色世界比擬成生命本體的各種形態，從而達到了自然光景與人生意蘊的圓融；他又能由大頭黑螞蟻的手爪透視人類戰爭的意義，在一種近乎於自問自答的痴語狀態中進行現實拷問，這讓讀者不禁為這種嬰兒般純淨的追索態度而折服。

文章結束在一片綠蔭四合的氛圍中，似乎作者從來沒有離開過眼前景致，所有的哲思蹁躚，以及文末出現的那個讓他念念不已的民族性格改造的話題，都沉浸到了黃昏的霧氣中，讀者的心靈也在激越迴旋之後也回歸了平靜。

一　綠

　　我躺在一個小小山地上，四圍是草木蒙茸①、枝葉交錯
的綠蔭，強烈陽光從枝葉間濾過，灑在我身上和身前一片帶
白色的枯草間。松樹和柏樹作成一朵朵墨綠色，在十丈遠近
河堤邊排成長長的行列。同一方向距離稍近些，枝柯疏朗的
柿子樹，正掛着無數玩具一樣明黃照眼的果實。在左邊，更
遠一些的公路上，和較近人家屋後，尤加利樹②高搖搖的樹
身，向天直矗，狹長葉片楊條魚一般在微風中泛閃銀光。
近身園地中那些石榴樹叢，每叢相去丈許，各自在陽光下立
定，葉子細碎，綠中還夾雜些鮮黃，陽光照及處，都若純粹
透明。仙人掌的堆積物，在園坎邊一直向前延展，若不受小
河限制，儼然即可延展到天際。肥大葉片綠得異常啞靜，對
於陽光竟若特有情感，吸收極多，生命力因之亦異常飽滿。
最動人的還是身後高地那一片待收獲的高粱，枝葉在陽光雨
露中已由青泛黃，各頂着一叢叢紫色顆粒，在微風中特具蕭
瑟感，同時也可從成熟狀態中看出這一年來人的勞力與希望
結合的莊嚴。從松柏樹的行列縫隙間，還可看到遠處淺淡的
綠原，和那些剛由閃光的鋤頭翻過、赭色的田畛，相互交
錯，以及鑲在這個背景中的村落，村落盡頭那一線銀色湖
光。在我手腳可及處，卻可從銀白光澤的狗尾草細長枯莖和
黃茸茸雜草間，發現各式各樣綠得等級完全不同的小草。

---

① 　蒙茸，蓬鬆、雜亂的樣子。
② 　尤加利樹，即桉樹，常綠高大喬木，澳大利亞最具代表性的樹種。

我努力想來捉捕這個綠蕪照眼的光景，和在這個清潔明朗空氣相襯，從平田間傳來的鋤地聲，從村落中傳來的舂米聲，從山坡下一角傳來的連枷撲擊聲，從空氣中傳來的蟲鳥搏翅聲，以及由於這些聲音共同形成的特殊靜境。手中一支筆，竟若絲毫無可為力。只覺得這一片綠色，一組聲音，一點無可形容的氣味，綜合所作成的境界，使我視聽諸官覺沉浸到這個境界中後，已轉成單純到不可思議。企圖用充滿歷史霉斑的文字來寫它時，竟是完全的徒勞。

　　地方對於我雖並不完全陌生，可是這個時節耳目所接觸，卻是個比夢境更荒唐的實在。

　　強烈的午後陽光，在雲上、在樹上、在草上、在每個山頭黑石和黃土上，在一枚爬着的飛動的蟲蚊觸角和小腳上，在我手足頸肩上，都恰像一隻溫暖的大手，到處給以同樣充滿溫情的撫摩。但想到這隻手卻是從千萬里外向所有生命伸來的時候，想像便若消失在天地邊際，使我覺得生命在陽光下，已完全失去了舊有意義了。

　　其時松樹頂梢有白雲馳逐，正若自然無目的遊戲。陽光返照中，天上雲影聚攏復散開，那些大小不等雲彩的陰影，便若匆匆忙忙地如奔如赴從那些剛過收割期不久的遠近田地上一一掠過，引起我一點點新的注意。我方從那些灰白色殘餘禾株間，發現了銀綠色點子。原來十天半月前，莊稼人趁收割時嵌在禾株間的每一粒蠶豆種子，在潤濕泥土與和暖陽光中，已普遍從薄而韌的殼層裏，解放了生命，茁起了小小芽梗。有些下種較早的，且已變成綠蕪一片。小溪邊這裏

那裏到處有白色蜉蝣[3]蚊蠓[4]，在陽光下旋成一個柱子，隊形忽上忽下，表示對於暫短生命的悅樂。陽光下還有些紅黑對照、色彩鮮明的小甲蟲，各自從枯草間找尋可攀高的白草，本意儼若就只是玩玩，到了盡頭時，便常常從草端從容墮下，毫不在意，使人對於這個小小生命所具有的完整性，感到無限驚奇。忽然間，有個細腰大頭黑螞蟻，爬上了我的手背，彷彿有所搜索，隨後便停頓在中指關節間，偏着個頭，緩慢舞動兩個小小觸鬚，好像帶點懷疑神氣，向陽光提出詢問：

「這是甚麼東西？有甚麼用處？」

我於是試在這個紙上，開始寫出我的回答：

古怪東西名叫手爪，和動物的生存發展大有關係。最先它和猴子不同處，就是這個東西除攀樹走路以外，偶然發現了些別的用途。其次是服從那個名叫腦子的妄想，試作種種活動，因此這類動物中慢慢地就有了文化和文明，以及代表文化文明的一切事事物物。這一處動物和那一處動物，既生存在氣候不同、物產不同、迷信不同環境中，腦子的妄想以及由於妄想所產生的一切，發展當然就不大一致。到兩方面失去平衡時，因此就有了戰爭。戰爭的意義，簡單一點說來，便是這類動物的手爪，暫時各自返回原始的用途，用它

③　蜉蝣（fú yóu），一種昆蟲，常在水面飛行，壽命很短，只有幾小時至一星期左右。

④　蠓（měng），昆蟲，體形較小，某些雌蠓吸食人畜的血液，有些能傳播疾病。

來撕碎身邊真實或假想的仇敵，並用若干年來手爪和腦子相結合產生的精巧工具，在一種多少有點瘋狂、恐怖情緒中，毀滅那個妄想與勤勞的堆積物，以及一部分青年生命。必須重新得到平衡後，這個手爪方有機會重新用到有意義方面去。那就是説，生命的本來，除戰爭外，有助於人類高尚情操的種種發展。戰爭的好處，凡是這類動物都異常清楚，我向你可説的也許是另外一回事，是因動物所住區域和皮膚色澤產生的成見，與各種歷史上的荒謬迷信，可能會因之而消失，代替來的雖無從完全合理，總希望可能比較合理。正因為戰爭像是永遠去不掉的一種活動，所以這些動物中具妄想天賦也常常被阿諛勢力號稱「哲人」的，還有對於你們中羣的組織，加以特別讚美，認為這個動物的明日，會從你們組織中取法，來作一切法規和社會設計的。關於這一點你也許不會相信。可是凡是屬於這個動物的問題，照例有許多事，他們自己也就不會相信！他們的心和手結合為一形成的知識，已能夠駕馭物質，征服自然，用來測量在太空中飛轉的星球的重量和速度，好像都十分有把握，可始終就不大能夠處理「情感」這個名詞，以及屬於這個名詞所產生的種種悲劇。大至於人類大規模的屠殺，小至於個人家庭糾糾紛紛，一切「哲人」和這個問題碰頭時，理性的光輝都不免失去，樂意轉而將它交給「偉人」或「宿命」來處理。這也就是這個動物無可奈何處。到現在為止，我們還缺少一種哲人，有勇氣敢將這個問題放到腦子中，向深處追究。也有人無章次地夢想過，對「偉人」、「宿命」所能成就的事功懷疑，可惜使用的工具卻已太舊，因之名叫「詩人」，同時還有個更

相宜的名稱，就是「瘋子」。

那隻螞蟻似乎並未完全相信我的種種胡說，重新在我手指間慢慢爬行，忽若有所悟，又若深怕觸犯忌諱，急匆匆地向枯草間奔去，即刻消失了。牠的行為使我想起十多年前一個同船上路的大學生，當我把腦子想到的一小部分事情向他道及時，他那種帶着謹慎怕事惶恐逃走的神情，正若向我表示：「一個人思索太荒謬了不近人情。我是個規矩公民，要的是份可靠工作，有了它我可以養家活口。我的理想只是無事時玩玩牌，說點笑話，買點儲蓄獎券。這世界一切都是假的，相信不得，尤其關於人類向上書呆子的理想。我只見到這種理想和那份理想衝突時的糾紛混亂，把我做公民的信仰動搖，把我找出路的計劃妨礙。我在大學讀過四年書，所得的結論，就是絕對不做書呆子，也不受任何好書本影響！」快二十年了，這個公民微帶嘶啞、充滿自信的聲音，還在我耳際縈迴。這個朋友這時節說不定已做了委員、廳長、主任，活得也好像很尊嚴很幸福。一雙灰色斑鳩從頭上飛過，消失到我身後斜坡上那片高粱地裏去了，我於是繼續寫下去，試來詢問我自己：「我這個手爪，這時節有些甚麼用處？將來還能夠做些甚麼？是順水浮舟，放乎江潭，是醐糟啜醨，拖拖混混？是打躬作揖，找尋出路？是卜課占卦，遣有涯生？」

自然無結論可得。一片綠色早把我征服了。我的心這個時節就毫無用處，沒有取予，缺少愛情，失去應有的意義。在陽光變化中，我竟有點懷疑，我比其他綠色生物，究竟是否還有甚麼不同處。很顯明，即有點分別，也不會比那

生着桃灰色翅膀，頸脖上圍着花帶子的斑鳩，與樹木區別還來得大。我彷彿觸着了生命的本體。在陽光下包圍於我身邊的綠色，也正可用來象徵人生。雖同一是個綠色，卻有各種層次。綠與綠的重疊，分量比例略微不同時，便產生各種差異。這片綠色既在陽光下不斷流動，因此恰如一個偉大樂曲的章節，在時間交替下進行，比樂律更精微處，是它所產生的效果，並不引起人對於生命的痛苦與悅樂，也不表現出人生的絕望和希望，它有的只是一種境界。在這個境界中，似乎人與自然完全趨於諧和，在諧和中又若還具有一份突出自然的明悟，必須稍次一個等級，才能和音樂所煽起的情緒相鄰，再次一個等級，才能和詩歌所傳遞的感覺相鄰。然而這個等次的降落只是一種比擬，因為陽光轉斜時，空氣已更加溫柔，那片綠原漸漸染上一層薄薄灰霧，遠處山頭，有由綠色變成黃色的，也有由淡紫色變成深藍色的，正若一個人從壯年移渡到中年，由中年復轉成老年，先是鬢毛微斑，隨即滿頭如雪，生命雖日趨衰老，一時可不曾見出齒牙搖落的日暮景象。其時生命中雜念與妄想，為歲月漂洗而去盡，一種清淨純粹之氣，卻形於眉宇神情間，人到這個狀況下時，自然比詩歌和音樂更見得素樸而完整。

　　我需要一點慾念，因為慾念若與社會限制發生衝突，將使我因此而痛苦。我需要一點狂妄，因為若擴大它的作用，即可使我從這個現實光景中感到孤單。不拘痛苦或孤單，都可將我重新帶進這個亂糟糟的人間，讓固執的愛與熱烈的恨，抽象或具體地交替來折磨我這顆心，於是我會從這個綠色次第與變化中，發現象徵生命所表現的種種意志。如何

形成一個小小花蕊，創造出一根刺，以及那個微風搖盪，憑藉草木銀白色茸毛飛揚旅行的種子，成熟時自然輕輕爆裂彈出種子的豆莢，這裏那裏還無不可發現一切有生為生存與繁殖所具有不同德性。這種種德性，又無不本源於一種堅強而韌性的試驗，在長時期挫折與選擇中方能形成。我將大聲叫嚷：「這不成！這不成！我們人的意志是個甚麼形式？在長期試驗中有了些甚麼變化和進展？它存在，究竟在何處？它消失，究竟為甚麼而消失？一個民族或一種階級，它的逐漸墮落，是不是純由宿命，一到某種情形下即無可挽救？會不會只是偶然事實，還可能用一種觀念、一種態度將它重造？我們是不是還需要些人，將這個民族的自尊心和自信心，用一些新的抽象原則重建起來？對於自然美的熱烈讚頌，對傳統世故的極端輕蔑，是否即可從更年青一代見出新的希望？」

不知為甚麼，我的眼睛卻被這個離奇而危險的想像弄得迷濛潮潤了。

我的心，從這個綠蔭四合所做成的奇跡中，和斑鳩一樣，向綠蔭邊際飛去，消失在黃昏來臨以前的一片灰白霧氣中，不見了。

……一切生命無不出自綠色，無不取給於綠色，最終亦無不被綠色所困惑。頭上一片光明的蔚藍，若無助於解脫時，試從黑處去搜尋，或者還會有些不同的景象。一點淡綠色的磷光，照及範圍極小的區域，一點單純的人性，在得失哀樂間形成奇異的式樣。由於它的複雜或單純，將證明生命於綠色以外，依然能存在，能發展。

我 的 寫 作 與 水 的 關 係

◖ 導讀

　　本文發表於《文學》一周年紀念特輯，後又收入 1934 年 7 月上海生活書店初版的《我與文學》。

　　本文中，沈從文自述了創作與水的不解之緣，而「水」又可分為「雨」、「河」、「海」三種，分別對應於作者人生的三個階級：童年、青少年與走上文壇以後。

　　童年的沈從文特別愛逃學，而此文的前半部分也像是《從文自傳》中童年片斷的精華版。逃學時遇到下雨，讓他有機會沉思與溫習所見所聞，為了逃避孤寂而訓練想像力。太多的陰雨天彷彿使他後來的文字浸染上雨的憂鬱氣味與遙遠底色。十五歲以後的沈從文在辰河上待了五年，一條河給予他太多的經歷，讓他見識了太多的人與事，他的想像力由此得以拓展。一個寫作者實際上都是在反覆走進自己最熟悉的那個世界，於是原本無緣來到這條河上的讀者，也能夠看見、聽到辰河人的故事。步入文壇之後，沈從文曾在青島住過一段時間，廣袤的大海讓他常常向人生的遠景凝視，而他的文學世界也有機會像河流奔赴大海一樣，在激盪中變得寬闊。

　　「雨」、「河」與「海」在沈從文寫作中擔任的角色、所佔的分量不盡相同：「雨」是沈從文的寫作原色，是啟發其想像的最初

契機；「河」是他的精神家園，佔有最重要的地位；「海」則隱喻作者進入都市後返觀鄉村的寫作走向與可能性。

　　除了「水」，沈從文還強調孤獨也是培育寫作者的重要元素，因為孤獨能幫助人更方便地與心靈進行對話。而在沈從文的世界中，孤獨與水也有着密不可分的關係：無論是「雨」、「河」還是「海」，都是他獲取寫作者那份必不可少的孤獨的動力，這或許正是作者的幸運。

在我一個自傳裏，我曾經提到過水給我的種種印象。簷溜，小小的河流，汪洋萬頃的大海，莫不對於我有過極大的幫助，我學會用小小腦子去思索一切，全虧得是水；我對於宇宙認識得深一點，也虧得是水。

「孤獨一點，在你缺少一切的時節，你就會發現原來還有個你自己。」這是一句真話。我有我自己的生活與思想，可以說是皆從孤獨得來的。我的教育，也是從孤獨中得來的。然而這點孤獨，與水不能分開。

年紀六歲七歲時節，私塾在我看來實在是個最無意思的地方。我不能忍受那個逼窄的天地，無論如何總得想出方法到學校以外的日光下去生活。大六月裏與一些同街比鄰的壞小子，把書籃用草標各做下了一個記號，擱在本街土地堂的木偶身背後，就撒着手與他們到城外去，鑽入高可及身的禾林裏，捕捉禾穗上的蚱蜢，雖肩背為烈日所烤炙，也毫不在意。耳朵中只聽到各處蚱蜢振翅的聲音，全個心思只顧去追逐那種綠色、黃色跳躍伶便的小生物。到後看看所得來的東西已盡夠一頓午餐了，方到河灘邊去洗濯，拾些乾草枯枝，用野火來燒烤蚱蜢，把這些東西當飯吃。直到這些小生物完全吃盡後，大家於是脫光了身子，用大石壓着衣褲，各自從懸崖高處向河水中躍去。就這樣泡在河水裏，一直到晚方回家去，挨一頓不可避免的痛打。有時正在綠油油禾田中活動，有時正泡在水裏，六月裏照例的行雨來了，大的雨點夾着嚇人的霹靂同時來到，各人匆匆忙忙逃到路坎旁廢碾坊下或大樹下去躲避。雨落得久一點，一時不能停止，我必一面望着河面的水泡，或樹枝上反光的葉片，想起許多事

情……所捉的魚逃了，所有的衣濕了，河面溜走的水蛇，叮固在大腿上的螞蝗，碾坊裏的母黃狗，掛在轉動不已大水車上的起花人腸子，因為雨，制止了我身體的活動，心中便把一切看見的、經過的皆記憶溫習起來了。

也是同樣的逃學，有時陰雨天氣，不能向河邊走去，我便上山或到廟裏去，在廟前廟後樹林或竹林裏，爬上了這一株，到上面玩玩後，又溜下來爬另外一株，若所爬的是竹子，必在上面搖盪一會兒；爬的是樹木，便看看上面有無鳥巢或啄木鳥孵卵的孔穴。雨落大了，再不能做這種遊戲時，就坐在楠木樹下或廟門前石階上看雨。既還不是回家的時候，一面看雨一面自然就需要溫習那些過去的經驗，這個日子方能發遣開去。雨落得越長，人也就越寂寞。在這時節想到一切好處也必想到一切壞處。那麼大的雨，回家去說不定還得全身弄濕，不由得有點害怕起來，不敢再想了。我於是走到廟廊下去為做絲線的人牽絲，為製棕繩的人搖繩車。這些地方每天照例有這種工人做工，而且這種工人照例又還是我很熟悉的人。也就因為這種雨，無從掩飾我的劣行，回到家中時，我便更容易被罰跪在倉屋中。在那間空洞寂寞的倉屋裏，聽着外面簷溜滴瀝聲，我的想像力卻更有了一種很好訓練的機會。我得用回想與幻想補充我所缺少的飲食，安慰我所得到的痛苦。我因恐怖得去想一些不使我再恐怖的生活，我因孤寂又得去想一些熱鬧事情方不至於過分孤寂。

到十五歲以後，我的生活同一條辰河無從離開，我在那條河流邊住下的日子約五年。這一大堆口子中我差不多無日不與河水發生關係。走長路皆得住宿到橋邊與渡頭，值得回

憶的哀樂人事常是濕的，至少我還有十分之一的時間，是在那條河水正流與支流各樣船隻上消磨的。從湯湯流水上，我明白了多少人事，學會了多少知識，見過了多少世界！我的想像是在這條河水上擴大的。我把過去生活加以溫習，或對未來生活有何安排時，必依賴這一條河水。這條河水有多少次差一點把我攫去，又幸虧它的流動，幫助我做着那種橫海揚帆的遠夢，方使我能夠依然好好地在人世中過着日子！

再過五年，我手中的一支筆，居然已能夠盡我自由運用了，我雖離開了那條河流，我所寫的故事，卻多數是水邊的故事。故事中我所最滿意的文章，常用船上水上作為背景，我故事中人物的性格，全為我在水邊船上所見到的人物性格。我文字中一點憂鬱氣氛，便因為被過去十五年前南方的陰雨天氣影響而來，我的文字風格，假若還有些值得注意處，那只因為我記得水上人的言語太多了。

再過五年後，我的住處已由乾燥的北京移到一個明朗華麗的海邊。海既那麼寬泛、無涯無際，我對人生遠景凝眸的機會便較多了些。海邊既那麼寂寞，它培養了我的孤獨心情。海放大了我的感情與希望，且放大了我的人格。

長河・題記

● 導讀

《長河》是沈從文未完成的長篇小說。沈從文的表姪、畫家黃永玉曾經歎息：這本應是一部類似於《戰爭與和平》規模的巨著，但最終卻未能完成，只留下了一個十萬餘字的篇幅。雖然極其遺憾，但它仍然是沈從文小說的代表作之一。這篇題記曾發表於 1943 年 4 月 21 日重慶《大公報・戰線》。

在這篇文字中，作者再次回溯到 1934 年初的那次返鄉，他對湘西社會的各種人羣都做了剖析，對於老一輩的湘西人，沈從文抱有特殊的溫情，雖然也指出他們的保守，但更讚美他們身上那種很難再現的優美、崇高的風度。他着重批評的是地方上的所謂「時髦青年」，對他們的言行描述中有一種很難抑制的嫌惡。在他看來，「年青人的壯志和雄心」遠遠比外表、書本教育、地位、金錢等重要。他把湘西的未來寄託在了一批青年軍官身上，而抗戰爆發後的又一次返鄉見聞則證明了他判斷的準確。

沈從文的經世理想，試圖通過三個「平常故事」來展現。第一個是《邊城》，儘管人們多熱衷於它的抒情氣息，但作者真正要講的是面對「甚麼都不同了」的「墮落趨勢」，湘西青年曾經留存的一種血氣與夢想。第二個是《長河》，這個未完成的長篇承接了自《邊城》、《湘行散記》便已開啟的重造民族性格的主題，觀照

視角也擴大到被戰爭淨化了的全中國，其中的牧歌、諧趣是因主旨過於沉痛，為調和讀者的閱讀感覺而加入的佐料。至於第三個故事，雖在此文末尾作者便早早預告了，但實際上並未交卷。這位熱忱的作者，儘管在本文中留給我們太多的讓人備感振奮的語句，但他的創作生涯卻畫上了一個休止符，讓讀者對他那首沒唱完的楚地歌謠感念不已。

　　民國二十三年[①]的冬天，我因事從北平回湘西，由沅水坐船上行，轉到家鄉鳳凰縣。去鄉已經十八年，一入辰河流域，甚麼都不同了。表面上看來，事事物物自然都有了極大進步，試仔細注意注意，便見出在變化中那點墮落趨勢。最明顯的事，即農村社會所保有那點正直素樸人情美，幾幾乎快要消失無餘，代替而來的卻是近二十年實際社會培養民功的一種唯實利庸俗人生觀。敬鬼神畏天命的迷信固然已經被常識摧毀，然而做人時的義利取捨、是非辨別也隨同泯沒了。「現代」二字已到了湘西，可是具體的東西，不過是點綴都市文明的奢侈品，大量輸入，上等紙煙和各樣罐頭，在各階層間作廣泛的消費；抽象的東西，竟只有流行政治中的公文八股和交際世故。大家都彷彿用個謙虛而誠懇的態度來接受一切，來學習一切，能學習能接受的終不外如彼或如此。地方上年事較長的，體力日漸衰竭，情感已近於凝固，自有不可免的保守性，唯其如此，多少尚保留一些治事做人的優美崇高風度。所謂「時髦青年」，便只能給人痛苦印象，他若是個公子哥兒；衣襟上必插兩支自來水筆，手腕上帶個白金手錶，稍有太陽，便趕忙戴上大黑眼鏡，表示愛重目光，衣冠必十分入時，材料且異常講究，特別長處是會吹口琴，唱京戲，閉目吸「大炮台」或「三五」字香煙，能在呼吸間辨別出牌號優劣，玩撲克時會十多種花樣。大白天有時還拿個大電筒或極小手電筒，因為牌號新、光亮足即可滿

---

① 　民國二十三年，即公元 1934 年。

足主有者莫大虛榮，並儼然可將社會地位提高。他若是個普通學生，有點思想，必以能讀ＸＸ書店出的政治經濟小冊子，知道些文壇消息、名人軼事或體育明星為已足。這些人都共同對現狀表示不滿，可是國家社會問題何在，進步的實現必須如何努力，照例全不明白，（即以地方而論，前一代固有的優點，尤其是長輩中婦女、祖母或老姑母行勤儉治生、忠厚待人處，以及在素樸自然景物下襯托簡單信仰，蘊蓄了多少抒情詩氣氛，這些東西又如何被外來洋布、煤油逐漸破壞，年青人幾幾乎全不認識，也毫無希望可以從學習中去認識。）一面不滿現狀，一面用求學名分，向大都市裏跑去，在上海或南京，武漢或長沙，從從容容住下來，揮霍家中前一輩的積蓄，享受現實，並用「時代輪子」、「帝國主義」一類空洞字句，寫點現實論文和詩歌，情書或家信。末了是畢業，結婚，回家，回到原有那個現實裏，等待完事。就中少數真有志氣、有理想，無從使用家中財產，或不屑使用家中財產，想要好好地努力奮鬥一番的，也只是就學校讀書時所得到的簡單文化概念，以為世界上除了「政治」，再無別的事物。所謂政治，又只是許多人混在一處，相信這個，主張那個，打倒這個，擁護那個，人多即可上台，上台即算成功。終生事業目標，不是打量入政治學校，就是糊糊塗塗往某處一跑，對歷史社會的發展，既缺少較深刻的認識，對個人生命的意義，也缺少較深刻理解。個人出路和國家幻想都完全寄託在一種依附性的打算中，結果到社會裏一滾，自然就消失了。十年來，這些人本身雖若依舊好好存在，而且有好些或許都做了小官，發了小財，日子過得

很好，但是那點年青人的壯志和雄心，從事業中有以自見、從學術上有以自立的氣概，可完全消失淨盡了。當時我認為唯一有希望的，是幾個年青軍官，然而在他們那個環境中，竟像是甚麼事都無從做。地方明日的困難，必須應付，大家看得明明白白，可毫無方法預先在人事上有所準備。因此我寫了個小說，取名《邊城》，寫了個遊記，取名《湘行散記》，兩個作品中都有軍人露面，在《邊城·題記》上，且曾提起一個問題，即擬將「過去」和「當前」對照，所謂民族品德的消失與重造，可能從甚麼方面着手。《邊城》中人物的正直和熱情，雖然已經成為過去了，應當還保留些本質在年青人的血裏或夢裏，相宜環境中，即可重新燃起年青人的自尊心和自信心。我還將繼續《邊城》，在另外一個作品中，把最近二十年來當地農民性格、靈魂被時代大力壓扁、扭曲，失去了原有的素樸所表現的式樣，加以解剖與描繪。其實這個工作，在《湘行散記》上就試驗過了。因為還有另外一種忌諱，呈屬小說遊記，對當前事情亦不能暢所欲言，只好寄無限希望於未來。

中日戰事發生後，二十六年[②]的冬天，我又有機會回到湘西，並且在沅水中部一個縣城裏住了約四個月。住處恰當水陸衝要，耳目見聞復多，湘西在戰爭發展中的種種變遷，以及地方問題如何由混亂中除舊佈新，漸上軌道，我都有機會知道得清清楚楚。和我同住的，還有一個在嘉善國防線上

---

② 二十六年，即民國二十六年，公元 1937 年。

受傷回來的小兄弟。從他的部下若干小軍官接觸中，我得以明白戰前一年他們在這個地方的情形，以及戰爭起後他們人生觀的改變。過不久，這些年青軍官，隨同我那小兄弟，用「榮譽軍團」名分重新開往江西前線保衛南昌去了。一個陰雲沉沉的下午，當我眼看到幾隻帆船順流而下，我那兄弟和一羣小軍官站在船頭默默地向我揮手時，我獨自在河灘上，不知不覺眼睛已被熱淚浸濕。因為四年前一點杞憂[3]，無不陸續成為事實；四年前一點夢想，又差不多全在這一羣軍官行為上得到證明。一面是受過去所束縛的事實，實在令人痛苦，一面卻是某種向上理想，好好移植到年青生命中，似乎還能發芽、生根……

那時節湘省政府正擬試派幾千年青學生下鄉，推行民訓工作，技術上相當麻煩。武漢局勢轉緊，公私機關和各省難民向湘西疏散的日益增多。一般人士對於湘西實缺少認識，常籠統概括名為「匪區」。地方保甲制度本不大健全，兵役進行又因「貸役制」糾紛相當多。所以我又寫了兩本小書，一本取名《湘西》，一本取名《長河》。當時敵人正企圖向武漢進犯，戰事有轉入洞庭湖澤地帶可能。地方種種與戰事既不可分，我可寫的雖很多，能寫出的當然並不多。就沅水流域人事瑣瑣小處，將作證明，希望它能給外來者一種比較近實的印象，更希望的還是可以燃起行將下鄉的學生一種比較近實的印象，更希望的還是可以燃起行將下鄉的學生一

③　杞憂，「杞人憂天」的略語，意為不必要的憂慮。

點克服困難的勇氣和信心！另外卻又用辰河流域一個小小水碼頭作背景，就我所熟習的人事作題材，來寫寫這個地方一些平凡人物生活上的「常」與「變」，以及在兩相乘除中所有的哀樂。問題在分析現實，所以忠忠實實和問題接觸時，心中不免痛苦，唯恐作品和讀者對面，給讀者也只是一個痛苦印象，還特意加上一點牧歌的諧趣，取得人事上的調和。作品起始寫到的，即是習慣下的種種存在，事事都受習慣控制，所以貨幣和物產，這一片小小地方活動流轉時所形成的各種生活式樣與生活理想，都若在一個無可避免的情形中發展。人事上的對立，人事上的相左 ④ 更彷彿無不各有它宿命的結局。作品設計注重在將「常」與「變」錯綜，寫出「過去」、「當前」與那個發展中的「未來」，因此前一部分所能見到的，除了自然景物的明朗，和生長於這個環境中幾個小兒女性情上的天真純粹還可見出一點希望，其餘筆下所涉及的人和事，自然便不免黯淡無光。尤其是敍述到地方特權者時，一支筆即再殘忍也不能寫下去，有意作成的鄉村幽默，終無從中和那點沉痛感慨。然而就我所想到的看來，一個有良心的讀者，是會承認這個作品不失其為莊嚴與認真的。雖然這只是湘西一隅的事情，說不定它正和西南好些地方差不多。雖然這些現象的存在，戰爭一來都給淹沒了，可是和這些類似的問題，也許會在別一地方發生。或者戰爭已完全淨化了中國，然而把這點近於歷史陳跡的社會風景，用文字

---

④　相左，相反、相互不一致。

好好地保留下來，與「當前」嶄新的局面對照，似乎也很可以幫助我們對社會多有一點新的認識，即在戰爭中一個地方的進步的過程，必然包含若干人情的衝突與人和人關係的重造。

我們大多數人，戰前雖活在那麼一個過程中，然而從目下檢審制度的原則來衡量它時，作品的忠實，便不免多觸忌諱，轉容易成為無益之業了。因此作品最先在香港發表，即被刪節了一部分，致前後始終不一致。去年重寫分章發表時，又有部分篇章不能刊載。到預備在桂林印行送審時，且被檢查處認為思想不妥，全部扣留，幸得朋友為輾轉交涉，逕送重慶複審，重加刪節，方能發還付印。國家既在戰爭中，出版物各個管理制度，個人實完全表示同意。因為這個制度若運用得法，不特能消極地限止不良作品出版，還可望進一步鼓勵優秀作品產生，制度有益於國家，情形顯明。唯一面是個人為此謹慎認真地來處理一個問題，所遇到的恰好也就是那麼一種謹慎認真的檢審制度。另外在社會上又似乎只要作者不過於謹慎認真，便也可以隨處隨時得到種種不認真的便利。（最近本人把所有作品重新整理付印時，每個集子必有幾篇「免登」，另外卻又有人得到特許，用造謠言方式作小文章侮辱本人，如像某某小刊物上的玩意兒，不算犯罪。）兩相對照，雖對觀狀不免有點迷惑，但又多少看出一點消息，即當前社會有些還是過去的繼續。國家在進步過程中，我們還得容忍隨同習慣而存在的許多事實，讀書人所盼望的合理與公正，恐還得各方面各部門「專家」真正抬頭時，方有希望。記得八年前《邊城》付印時，在那本小書題

記上，我曾說過：所希望的讀者，應當是身在學校以外，或文壇消息、文學論戰以及各種批評所達不到地方，在各種事業裏低頭努力，很寂寞地從事於民族復興大業的人。作品所能給他們的，也許是一點有會於心的快樂，也許只是痛苦，……現在這本小書，我能說些甚麼？我很明白，我的讀者在八年來人生經驗上，對於國家所遭遇的挫折，以及這個民族憂患所自來的根本原因，還有那個多數在共同目的下所有的掙扎向上方式，從中所獲得的教訓，……都一定比我知道的還要多、還要深。個人所能做的，十年前是一個平常故事，過了將近十年，還依然只是一個平常故事。過去寫的也許還能給他們一點啟示或認識，目下可甚麼全說不上了。想起我的讀者在沉默中所忍受的困難，以及為戰勝困難所表現的堅韌和勇敢，我覺得我應當沉默，一切話都是多餘了。在我能給他們甚麼以前，他們已先給了我許多許多了。橫在我們面前許多事都使人痛苦，可是卻不用悲觀。驟然而來的風雨，說不定會把許多人的高尚理想，捲掃摧殘，弄得無蹤無跡。然而一個人只對於人類前途的熱忱和工作的虔敬態度，是應當永遠存在，且必然會給後來者以極大鼓勵的！在我所熟習的讀者一部分人表現上，我已看到了人類最高品德的另一面。事如可能，最近便將繼續在一個平常故事中來寫出我對於這類人的頌歌。

責任編輯　劉萄諾
封面設計　高　林
版式設計　鄧佩儀
排　　版　陳美連
印　　務　劉漢舉

名家散文必讀系列

沈從文

作者　沈從文
導讀　丁　文

出版 | 中華教育

香港北角英皇道 499 號北角工業大廈 1 樓 B 室

電話：(852) 2137 2338　傳真：(852) 2713 8202

電子郵件：info@chunghwabook.com.hk

網址：http://www.chunghwabook.com.hk

發行 | 香港聯合書刊物流有限公司

香港新界荃灣德士古道 220—248 號荃灣工業中心 16 樓

電話：(852) 2150 2100　傳真：(852) 2407 3062

電子郵件：info@suplogistics.com.hk

印刷 | 美雅印刷製本有限公司

香港觀塘榮業街 6 號海濱工業大廈 4 樓 A 室

版次 | 2023 年 11 月第 1 版第 1 次印刷

©2023 中華教育

規格 | 32 開（195mm x 140mm）

ISBN | 978-988-8860-74-6